T0370163

La sed se va con el río

Andrea Mejía

La sed se va con el río

ALFAGUARA

Penguin
Random House
Grupo Editorial

Título original: *La sed se va con el río*
Primera edición en Alfaguara: septiembre de 2024

© 2024, Andrea Mejía
c/o Agencia Literaria CBQ, SL
© 2024, de la presente edición en castellano para todo el mundo:
Penguin Random House Grupo Editorial, S. A. S.
Carrera 7 # 75-51, piso 7, Bogotá, D. C., Colombia
PBX (57-601) 7430700

© Diseño: Penguin Random House Grupo Editorial, inspirado en un diseño original de Enric Satué
Diseño e ilustración de cubierta: Patricia Martínez Linares

Imágenes usadas en la ilustración de cubierta:
Virgen: detalle de *La Inmaculada Concepción*, Guido Reni, Museo Metropolitano de Arte de Nueva York
© Getty Images:
Llama: CSA Images
Árboles con bejucos, conejo, gallo, pavo real: ZU_09
Golondrina: Nastasic
Águila con conejo y montañas en el fondo: THEPALMER
Lucio: Evgeniy Zotov
Guacamaya: The Naturalist
Flores rojas: mikroman6

Impreso en Colombia-*Printed in Colombia*

ISBN: 978-628-7659-71-1

Compuesto en caracteres Adobe Garamond Pro

Impreso por Editorial Nomos, S.A.

Para Luis

Jeremías

1

Los dos hombres avanzan en la luz cruda del amanecer buscando algún rastro entre las hojas. A su paso se disuelven las ráfagas de mosquitos que suben desde el río.

—Nada, por aquí no ha pasado.

—Espere, subamos un poco. De pronto durmió arriba, en los cañones.

—De pronto no durmió.

—Todos tienen que dormir.

Se oye el canto de un ave. Una culebra rayada se desliza no muy lejos al sentir la presencia de los hombres.

Empiezan a subir por el cañón, a ascender entre las rocas frías. Horas más tarde, las mismas rocas estarán tibias, esmaltadas por el sol.

Uno de ellos señala una hendidura entre dos rocas. Es perfecta para albergar a un hombre delgado acostado. Al dejar el pueblo, el viejo Jeremías estaba tan flaco que habrían cabido tres como él en esa brecha, tres como él habrían podido pasar ahí la noche. El otro niega con la cabeza. El segundo se inclina y tantea las cenizas de un fuego apagado. Le enseña al primer hombre los dedos tiznados, se frota los dedos contra el pantalón y alza los ojos. En lo alto del cielo, un águila pequeña planea como una cruz, un hechizo, unas tijeras.

—Esas cenizas están frías —dice el primero—. Pueden ser de hace días. Pueden ser de hace años.

Orina sobre los restos de la hoguera, sobre los leños carbonizados y las piedras ennegrecidas. Saca la bolsa de cuero de conejo y bebe.

—Lo mejor es volver a bajar, seguir el río —dice el otro. La voz se le quiebra, se hace más aguda, casi un chillido.

—Subamos un poco más, para asegurarnos de que no entró al páramo. Somos dos, vamos más rápido. Nada de llorar ahora, Patas de Mirlo. Si llega al páramo, lo perdemos. En el páramo no hay caminos.

Hace una pausa. El otro no dice nada.

—O bajó desde el alto al río, como hace todo el mundo, o cortó por aquí —el hombre vuelve a beber—. Porque Jeremías no es como todo el mundo.

Al desecho que sube al páramo sin pasar por las veredas lo llaman Cola de Lucio. Pocos en el pueblo lo conocen. Demasiado pendiente, demasiado escarpado, es un paso muerto, intransitado, bordeado por casas vaciadas por el viento en las que sólo viven pájaros.

—Si se mete en el páramo lo perdemos —repite el otro, el más menudo. Intenta recuperar su voz normal, no atravesada por el llanto. Necesita repetir las cosas que oye para comprenderlas.

Dejan atrás los potreros, el rastrojo, la maleza azulada. Ahora realmente ascienden. La cuesta les impide ver lo que va quedando abajo, las cañadas de carboneros que caen al río, las hondonadas donde yacen desperdigados los cráneos del ganado perdido, el desfiladero de piedras que absorbe los rayos de la mañana.

Pero el río sigue ahí, se presiente detrás de la densidad de las rocas y la profundidad del camino. Piedras por las que rueda el agua, barro rojo entre paredes de roca y musgo.

Tienen la misma impresión de los que ascienden: que no hay camino de regreso, que arriba el camino se angosta de tanto que se ensancha, que los ojos se agrandan en la tierra extensa, afligida, muda. Las hojas se enrojecen y aparecen las primeras puyas, los pedregales y la marea de frailejones, la naturaleza escuálida y pura.

—¡Jeremías! ¡Jeremías!

Igual llama el hombre menudo, aunque él llama en susurros. Se retuerce las manos. Sigue con una resignación que lo mueve hacia adentro de la tierra, que lo hunde en el paisaje. Es más como si el páramo viniera bajando, no como si él fuera subiendo.

El otro sube resoplando. Se mueve despacio pero nada pareciera capaz de derribarlo, ni siquiera el viento helado que empieza a soplar.

El chillido del águila cae desde lo alto en círculos metálicos, llena el aire, lo expande más allá de lo que los dos hombres pueden alcanzar con la mirada. Luego vuelve el silencio, restaurado, más profundo.

2

Los dos hombres se alimentan de plantas dulces, de morcilla seca rellena de tripas y alverjas. Usan las grandes hojas naranja de los sangregados como platos. Toman el guandolo que llevan preparado y preparan más por el camino con limones mandarino que encuentran colgando de las ramas. Heraquio se araña las manos cogiendo los limones del árbol. Se las espina. Con esas manos desmigaja una arepa fría. De vez en cuando saca el odre de cuero de conejo y se echa un trago de lo que lleva adentro.

—Parece que se hiciera eso a propósito —Lautaro le habla con los ojos bien abiertos, con su voz como de niño. Le señala las manos. Después pregunta—: ¿cómo vamos a dar con mi padrino?

Habían desistido de seguir por el páramo. Es lo que había dicho Heraquio, que nadie sobrevive solo arriba más de una noche.

—Si lo encontramos, lo encontramos con los huesos ya blancos. Y de nada nos sirve muerto.

Así que decidieron volver a bajar y seguir el río por las veredas: El Ciprés, Santuario, San Lorenzo, La Campana.

—Lleguemos hasta la cascada. Por ahí tuvo que haber pasado. Es el único paso abierto en ese trecho. Preguntemos si lo han visto.

Heraquio es gordo y robusto. Al hablar sus labios carnudos se mueven despacio. Tiene el bigote manchado de tabaco y la lengua gruesa. Sus ojos negros brillan como lava.

—¿Y si no?

Los ojos de Lautaro son redondos, verde amarillos. Es menudo, delgado. Tiene los dedos largos, las manos delicadas, una barba rala que no le crece y no se afeita nunca. Sus fosas nasales siempre están abiertas, como asombradas, respirando más de la cuenta. La nariz la tiene siempre enrojecida.

—Seguimos. No se pudo haber perdido.

A Lautaro Cruz nadie lo llama por su nombre en el pueblo. Todo el mundo lo llama Patas de Mirlo. Patas de Mirlo gime entonces. Cierra los ojos. En él reverbera aún el incendio, la visión temblorosa de sus manos entre las llamas, el olor de la estopa que Heraquio le había dado, empapada en petróleo blanco. Piensa en la pequeña Lidia, sola en su casa, esperando a que su abuelo regrese. Piensa también en él mismo. No reconoce eso en lo que se ha convertido después de haber ayudado a los hombres a quemar La Golondrina, después de haber traicionado así a su padrino.

Heraquio sigue encorvado sobre unas raíces que crecen como gibas entre el barro. Observa una fila de arrieras que llevan granos, hojas, pétalos de sietecueros, pellizcos de frutos podridos. Aprieta el odre que se contrae y deja caer un chorro sobre los arañazos de las manos. El aguardiente de bejuco le lava las heridas. Heraquio es obstinado, terco, recio. Vive encorvado sobre algo, sobre el nuche en el lomo de una vaca o de un perro, escarbando al animal para sacarle los gusanos, o sobre la piedra que debe pulverizar con la pica para seguir moviendo la tierra en el sembrado, encorvado hasta arrancar la mala hierba del fríjol.

El otro es ligero, desleído. Aun cuando hace cosas pareciera no estar haciendo nada. De niño su mamá le decía: «Mira bien cómo echas la sal y la ceniza, sobruto. No sirves ni para lo que sirve cualquiera en este pueblo moribundo». A Patas de Mirlo le daba pena ensuciar el pelo blanco del conejo con ceniza. Más pena le daba hundir después la piel en la mezcla verdosa de alumbre y caca de paloma. «Ve y lo buscas»: era la misma voz de su madre, más grave por el sueño, que lo despertaba y lo sacaba de la cama para que fuera a La Golondrina a traer de vuelta a su padre. Patas de Mirlo obedecía. Se levantaba. Caminaba hasta la taberna. Volvía con su padre. Cerca de la medianoche podía verse al niño frente a los depósitos cerrados, abrazado a las piernas de un hombre encorvado, a punto de derrumbarse. El niño lo retenía para que no rodara por la calle empinada, hasta que ya al torcer la esquina, donde el declive del pueblo se hacía menos violento, las dos siluetas se eclipsaban en las sombras.

Cuando su padre murió de un machetazo en una pelea en Aguascoloradas, borracho, perdido en las visiones del bejuco, flotando en un charco de sangre transparente de tanto aguardiente que había bebido, el niño siguió apareciendo solo en la noche en las esquinas de Sanangó. Ascendía por la calle de los Depósitos con la soledad de un planeta, a una hora en la que no se veía por las calles del pueblo a nadie y hasta los perros callejeros dormían amontonados en el pórtico de la iglesia. Salía de su casa buscando huir de la amargura de su madre y terminaba su curso en La Golondrina, oculto tras el mostrador con un trapo maloliente entre las manos, para secar los totumos apenas enjuagados de la taberna de su padrino. Esa había sido de niño, noche tras noche, la triste órbita de Patas de Mirlo.

—Me dio pena lo que le hicimos. La Golondrina era su vida —es lo que dice Heraquio—. Y esa vaca seguro ya estaba enloquecida para tirarse así por un barranco. No fue culpa del aguardiente de Jeremías.

Patas de Mirlo bosteza, se frota los nudillos contra el pecho, ladea con suavidad la cabeza.

—Virgen bendita.

—La Virgen sólo es una estatua.

Así estará de descreído Heraquio.

Patas de Mirlo repite como en un rezo, pero cuidándose de tener los dedos bien cruzados:

—La Virgen sólo es una estatua.

—La Virgen sólo es una estatua.

Los dos se repiten. Es la altura, la poca comida.

—Hay que seguir bajando.

Llegan otra vez a donde hay robles, arrayanes, pimenteros. Los árboles sueltan resinas de olor en el aire. Huelen los pimenteros, huelen los arrayanes. Más abajo vuelven a ver plátanos, esos a los que no les importa mezclarse con pinos hayuelos; los helechos arbóreos se aprietan junto a cámbulos y guayacanes, la naturaleza crece confundida.

Además de las gentes de las veredas y del pueblo, nadie de afuera recorre esos cañones, sólo unos pocos arrieros que vienen de más allá de Sanangó, del sur tibio, menos escabroso pero más violento; arrieros que se extravían o que buscan cruzar las montañas para salir al valle grande.

Les vuelve a dar hambre, vuelven a comer. A un hueso que ya han pelado le sorben el cartílago. Cuando acaban, arrojan las hojas de sangregado a los matorrales, envuelven la olla y los pocillos de peltre en costales.

En el río cruzan el puente colgante que tiembla a su paso. Entre los maderos se asoman los destellos de agua blanca del Nauyaca, azufrada, con brillos celestes. La hierba crece en manojos entre los tablones deteriorados.

—Por aquí ya no pasa una mula. Este puente se va a ir al río.

Patas de Mirlo asiente apenas.

—Las vacas y las mulas ya están cruzando más abajo, frente a la casa de piedra. Por ahí las vi cruzando —Heraquio señala el vado donde las piedras se asoman como huevos gigantes abandonados en el agua.

Del otro lado, los dos hombres empiezan a andar río arriba. A medida que dejan atrás el puente, el río se hace más estrecho y hondo, crece el caudal. Remontan el camino que va a la cascada. Ven la otra orilla que habían recorrido río abajo, en el otro sentido. Van callados, con los trastos sonando en los costales. A veces uno de los dos escupe. La tierra blanda soporta sus pasos.

3

Las calles de Sanangó suben y bajan desafiando la gravedad en un punto en el que la cordillera empieza a perder altura hasta desaparecer en un valle plano como la muerte, donde corren las aguas entredormidas de un gran río.

Ese es otro río, lejano, inmenso, que el Nauyaca sólo encuentra después de dar al Anorí y de que el Anorí vaya a dar al Sayula, y el Sayula por fin, ya revuelto, cargando todos los ríos, quebradas y arroyos que bajan de Isvara, llegue al río grande del Cauca. Los que han bajado en mula hasta el valle tienen el recuerdo de planchones que surcan un agua marrón, hecha de tierra, y de barcos madereros que se atorarían en las gargantas rocosas de los ríos que ruedan por la cordillera, como el Nauyaca, que resplandece bien arriba y oculta sus aguas azules bajo los ojos vigilantes de la gran Virgen.

El pueblo había sido un asentamiento indígena antes de que arrasaran a los indios en las montañas. Luego fue un enclave donde pernoctaban los buscadores de oro mientras juntaban hombres y mulas para bajar a los cañones. Esos desfiladeros deslumbrantes los habían aturdido, las caravanas de mulas amarradas habían bajado adormecidas entre los riscos. La montaña se obstinaba en esconder el oro secreto que goteaba subterráneamente hacia el río.

Se decía que los buscadores de oro se ayudaban con un brebaje que preparaban los pocos indios dispersos que habían quedado ocultos en los meandros sinuosos del río. Entonces, en el monte, voces del mundo invisible los alcanzaban, o voces conocidas que los aterraban. Llegaban a hablarles con el tono enrarecido las madres, las hermanas y las esposas que habían dejado atrás, muy lejos, muy abajo, en los pueblos ardientes del gran valle. Los pensamientos hervían en las cabezas que se sacudían por el corcoveo de las mulas. Las cabezas se quedaban tan vacías como los estómagos que devolvían la carne de culebra que comían. A muy pocos les quedaba aliento para lanzarse a excavar y a buscar el oro del río.

Los buscadores de oro fueron desapareciendo, tal vez por el mismo encantamiento del brebaje que los iba guiando. Alguna gente dice que se los habían llevado los indios, para castigarlos por el oro que querían arrebatarle al Nauyaca. Otros dicen que se cansaron de buscar en vano oro en esos parajes, y lograron salir de las montañas, cruzar la cordillera con la mente extenuada, enfermos, sin querer regresar nunca a esos cañones endiablados.

Sin quererlo, siguiendo un ritmo lento, el caserío que habían dejado los buscadores se fue poblando de la gente de las montañas, y poco a poco se fue transformando en pueblo a pesar de la marejada de víboras que anidaban en los antiguos cambuches, en los matorrales y en los cruces de caminos. Al final tuvo también su iglesia, su cementerio, y logró sobrevivir con lo que daban las curtiembres de piel de conejo que se multiplicaron en los patios de la casas y llenaron las calles de un hedor a carnaza.

Desde hace más de un siglo las tardes de lluvia en Sanangó son las mismas, llenas de mosquitos que nublan las casas y de cabezas que se asoman a las ventanas para ver si va a seguir lloviendo o va a escampar un día.

En las veredas, cerca al río, el agua se derrama al estallar las nubes. La lluvia sube de los cañones en forma de bruma y al llegar al pueblo se convierte en aguacero tupido. Bajo los aleros, los que todavía andan por fuera se pegan a las paredes para no mojarse, y los que están en las casas se hunden en la espera. A veces la lluvia dura hasta bien entrada la noche. A veces amanece y no ha escampado. Cuando llueve tanto, la montaña le entrega terrones enteros al abismo.

Esta es una de esas tardes y Jeremías aún no se ha ido. No ha sido quemada La Golondrina.

Lidia enciende una espiral para espantar mosquitos. Rodea el fósforo con la mano y lo aprovecha para encender también la lámpara. Casi ha anochecido. La llama de la lámpara parpadea y la cara del viejo se dispersa, vacila. Tiene el mismo aspecto triste que encubre una alegría feroz y despiadada. La espiral se transforma poco a poco en humo y cae en un arco de ceniza ordenado. Por la ventana, las casas y los árboles se adelgazan por la lluvia.

Lidia vuelve a ver el rostro de su abuelo que no desprende los ojos de la ventana. Aun en la penumbra, el ojo izquierdo se le ve lechoso, más blanco que el derecho. Algo mascula el viejo, pero las palabras quedan atrapadas en una barba que ya no tiene ley ni forma. Los dedos gruesos se asoman bajo los puños de una camisa de hilo, mareada por el sudor y amarilla por la luz de la llama. Pasa esos dedos por la cabuya que le sostiene el pantalón en la cintura. Se frota las encías con una pasta oscura de tabaco guardada en una vaina de cacao silvestre que se saca del bolsillo.

A Lidia se le llenan los ojos de humo. Le pican. El viejo se pasa las manos por la cara.

—Deja de mirarme así, Lidia. No voy a dejarte sola.

Lo dice sólo para asustarla, para recordarle que está por morirse. Ganas no le faltan, de irse, de echarse a andar para salirle al paso a la muerte. De llevarse consigo el aguardiente y abandonar a su suerte a los hombres que noche tras noche se reúnen en La Golondrina para ver en las visiones del bejuco lo que no podrían ver con sus mentes encasquilladas.

En ese pueblo lívido por la lluvia, desde donde está sentado, Jeremías puede ver La Golondrina al final de la calle. Aun si no tuviera el ojo izquierdo nublado por las cataratas, aun si la taberna no estuviera ya caída por su cuenta, igual la vería así, borrosa, opaca, como el espejo de un mundo que también ha envejecido.

La Golondrina no es más que madera vieja, olor a orines, tierra mezclada con cemento. Pero qué puede hacer Jeremías si todavía siente apego por ese montón de asientos desencajados, hechos de varas entretejidas, por el mostrador que se rinde y cruje con el peso del tiempo, por las tejas vencidas que han cobijado noches enteras de visiones solitarias y compartidas. Siente más apego por las tinajas resquebrajadas donde almacena el aguardiente de bejuco que por los rostros que en la taberna brotan de un montón de harapos, los borrachos con manos grises, con almas ateridas por una aflicción incurable, los campesinos hijos de campesinos y de indios ya borrados, de buscadores de oro enloquecidos por la montaña.

Clarividentes, emborrascados por el aguardiente de Jeremías, salen de la taberna al acercarse la madrugada. Se quedan bajo el alero hasta recuperarse del sereno que les revuelve el estómago y los sumerge en un mareo terrorífico. Luego se miran los pies y empiezan a andar dando tumbos entre las casas a lado y lado de la calle empinada, rozando a veces paredes invisibles.

Sanangó está tan perdido en las montañas que podría ser el único pueblo en el mundo, hueco por el eco, encañonado, si no fuera por el coro de perros que llega en las tardes desde pueblos vecinos situados en la cordillera; o por la radio que oye Patas de Mirlo en las noches en las que no puede conciliar el sueño y que debe venir de lugares lejanos donde también hay casas, niños, viejos que esperan a que escampe. Debe haber otros pueblos, otros caseríos en las montañas, porque de ellos sube el humo de quemas invisibles que enrarecen más el aire ya viciado por las curtimbres.

En Sanangó el sol cae jalonado tras las montañas. La noche lleva a los borrachos a La Golondrina y la madrugada los lleva hasta sus camas. Los abandona el tumulto de visiones para dejarlos caer en un sueño negro y vacío. El pueblo desaparece entonces con sus calles tortuosas, sus depósitos y su iglesia, los lavaderos y las pieles que cuelgan de las vigas. Todo se disipa entre los dormidos. En los cañones sólo se oye el río.

Pero nadie dormirá la noche en que los hombres del pueblo, movidos por Nardarán, llevados fácilmente a la locura por el aguardiente de Jeremías, incendien La Golondrina.

Esa noche, la pequeña Lidia estará acurrucada en su cama, con sus ojos sigilosos de india abiertos en la oscuridad, sin ninguna intención de dormir, urdiendo sin saberlo una venganza que para ella no tendrá ese nombre.

Patas de Mirlo amanecerá dormido entre el pastizal de uno de los lotes baldíos de Nardarán, cercados por alambre de púas, infestados de culebras y escorpiones. Ahí lo encontrará Heraquio, todavía borracho, trastornado, para emprender juntos la búsqueda del viejo por el río.

En cuanto al alma del viejo Jeremías, la noche del incendio la veremos rondando la esquina de La Golondrina hasta muy tarde. Sólo su alma, apenas alumbrada por una lámpara, contemplará los restos de la taberna, el techo que se ha venido abajo. Esa alma penando derramará lágrimas magras sobre la lamparita que chisporrotea.

El incendio de La Golondrina será el segundo gran fuego en la vida de Jeremías. El primero ocurrió cuando era un niño. Un río de fuego vino entonces sobre el pueblo, devoró vigas, mamparas, tabiques y casas enteras. Dijeron que había sido provocado por Zacarías Zambrano, el anciano que vivía en el alto del Nudo y tenía fama de ser un brujo salvaje. Lo habían visto justo antes del incendio con un vestido largo de percal, con una brasa viva y un manojo de bejucos y plantas rezadas entre las manos.

Jeremías es viejo cuando llega el segundo fuego, el incendio de La Golondrina, provocado por los mismos hombres que noche tras noche buscaron en su aguardiente el amparo de las visiones. El fuego se lleva La Golondrina, se la lleva lejos de la gente, la levanta entre aleteos de ceniza. De todos los lugares de ese pueblo que hiede, La Golondrina es para Jeremías el único cierto.

Esa es la vida del viejo: una cuenta de días entre dos broches de fuego. Pero esta vida aún no termina, porque ahora Jeremías sigue junto a la ventana. Cerca de él está la pequeña Lidia.

Dentro de poco, el viejo se pondrá de pie y saldrá de la casa a atender La Golondrina, a repartir su aguardiente endemoniado. No sabemos lo que piensa, si es que piensa. Después de todo, ¿quién es Jeremías? No es más que un pobre campesino descendiente de los indios que fabrica aguardiente envenenado por un bejuco amargo, una enredadera del tamaño de un hombre acostado que rara vez está en flor porque no obedece a ciclos de floración precisos y crece en los bosques húmedos que rodean el río.

Jeremías se ríe parejo, sin compostura. Se le asoman los huecos de oscuridad que tiene entre los dientes. Junta y separa los dedos como si algo le latiera en la mano. Vuelve a reírse, como si estuviera en un ribazo donde las penas no arriman. Como si el pueblo enmontado, las aguas del Nauyaca, las montañas llenas a reventar de hormigas y de hojas plateadas de yarumo, todo en esas cuestas escarpadas no fuera más que la reverberación de un embrujo.

Es la tarde, casi la noche, y aún no escampa. El tiempo se repite en círculos.

La espiral contra mosquitos se ha consumido por completo. La pequeña Lidia se baja de la butaca de un salto, se dirige hacia el bulto de pienso que hay junto a la estufa y desaparece en el patio con un cuenco bien apretado contra el pecho.

Los conejos han salido de las jaulas y han buscado cobijarse de la lluvia. La niña les deja la comida en puñaditos bajo el alero para que no los moje el agua. Jeremías se vuelve a pasar las manos por la cara. La pendiente de la calle de los Depósitos parece ceder un poco y se forman pequeñas hondonadas que se llenan de agua. Es como si la lluvia quisiera aplanar el mundo.

4

—Vete moviendo, Lidia. Hay mucho que hacer.

Lidia duerme un sueño profundo, despoblado. Hasta el sueño le llega la luz del pueblo, la voz de su abuelo que la trae de vuelta.

Mucho antes de desaparecer, Jeremías ya está medio ido. Ha sonado la campana que lo hace libre. Dice lo que le da la gana y cada vez dice menos. Se deja caer los pocos dientes que le quedan. Da miedo verle las encías peladas cuando se ríe, negras por la pasta de tabaco que usa, según le dice a Lidia, para alimentar a los espíritus.

Aunque cada vez se ríe con más frecuencia, con más ganas y más bulla, tiene los ojos anegados, sobre todo el izquierdo, y está cansado de las fantasmagorías con las que se anda transformando siempre el mundo. Hace sus necesidades en un rincón del patio. Le empieza a echar cada vez más bejuco al fermento, sin escrúpulo. Sabe que de cualquier modo los hombres del pueblo ya están enloquecidos, porque el abandono les ha caído encima, desde antes de nacer en ese pueblo lento, mortal, enclavado en la montaña, desde antes de que Jeremías fuera un niño, desde antes de que empezara a fabricar y a vender ese aguardiente adulterado con bejuco.

Si no fuera por el aguardiente de Jeremías, esos mismos hombres estarían perdidos, se adueñaría de ellos un espíritu más despiadado que los espíritus del bejuco. Algo denso, inquebrantable, provocaría en ellos la desidia. Si no bebieran ese fermento turbio que en los alambiques de La Carbonera se vuelve más transparente que el vidrio, los hombres se emborracharían igual, noche tras noche, farfullando frases sin sentido. Serían borracheras sin visiones. Se ahogarían en el aguardiente deshabitado, limpio. Las voces embriagadas serían lamentos hundidos en la noche. Pocos soportarían los embates dañinos del lugar. Por eso Jeremías les sirve aguardiente de bejuco a esos hombres que no le parecen más que niños, para consolarlos, para hacerlos más sombríos.

Ellos salen de día a trabajar en los campos, pero se llevan el aguardiente con ellos, en odres de cuero de conejo; salen a los campos y alucinan. «Ver visiones es como estar en el paraíso», afirman. Y no les falta razón.

El precio que pagan es la borrachera continua del aguardiente amargo que les vende Jeremías, el mareo, el calor y el hormigueo en el estómago, las arcadas de náuseas que produce. A veces se los puede ver por ahí, andando atarantados, sin juicio, abriéndose paso entre el bosque húmedo para perseguir lo que ven sus ojos borrachos de bejuco. A veces a alguno le da por enmontarse varios días. Después regresa al pueblo, diáfano, con el rostro relumbrando, sereno y sonriente.

Pero aun protegidos por el aguardiente de Jeremías, a muchos se les sale un mal espíritu.

Está la locura de Nardarán, su rabia centelleante, helada, prematura, su apego desmedido a los animales. Está Corona Blanca, su mansedumbre engañosa, los cambios malignos que súbitamente, a veces sin motivo, se producen en su rostro. Ya ha matado a varios a machete limpio. Aunque tiene el cuerpo raído, en los huesos, y los ojos hundidos como si no le quedara vida, sube con sus muertos la cuesta que sale del pueblo hasta el alto del Nudo. Los lleva con una fuerza inusual, desmedida. Desde el alto, bajo los ojos de la gran Virgen, los arroja por las peñas. Los muertos caen entonces como grandes pájaros por los abismos azules que van a dar al río.

Lo único que no hace Jeremías es darle de beber del bejuco a Lidia. Y eso, quién sabe, porque la niña no se ha ganado sus visiones, o porque espera el momento en que su mente esté lista, o porque está prohibido por alguna ley del bosque en el que crece el bejuco. A lo mejor lo hace porque en el fondo la quiere, o porque quiere preservar en ella un destello de pureza, mantenerla lejos de los venenos del río. Porque alguien tiene que ver todo desde afuera.

A lo mejor no tiene razones.

Lo único que sabemos es que mientras Jeremías cosecha y prepara el bejuco, mientras en los establos de La Carbonera fabrica el aguardiente embrujado que embriaga a los hombres de Sanangó, el Nauyaca sigue corriendo entre esas montañas.

5

Los dos hombres llevan el día entero caminando. Van como embotados, como si llevaran los ojos cubiertos de cenizas. Mal comidos, mal dormidos. El monte cambia de verde a amarillo. Será el sol. Será el cansancio. Heraquio bebe cada vez más a menudo del odre que le cuelga de un costado. Andan trastornados por el polvo, el polvo y el calor se transforman en lo mismo. Avanzan hasta que se pierden sus figuras; se blanquean por el sol y después las sombras les van cayendo encima. Se oyen monos que aúllan.

El río es ancho durante el día. Se abre como un abanico de pliegues, de montes y arrugas, separando las orillas. Al atardecer se adelgaza, las orillas se juntan. Los hombres se alejan del río y se meten al recodo que sube a la cascada. La cascada es sedosa, de hebras blancas. Por todas partes se adivina la presencia del agua. El que deja de ver el río empieza a oírlo y no deja de oírlo nunca. Aquí no se descansa del agua.

Los chingalé oyen la respiración de los dos hombres, se les vienen encima con sus flores. Las ramas les raspan la coronilla, los troncos les cierran el camino.

—Esto está muy enmontado. Por aquí no ha pasado.

—Mire bien la tierra —dice Heraquio—. No hay otro paso. Por aquí tuvo que haber pasado.

Pero la tierra no ha sido hollada, está intacta, cubierta de zarzas, de vegetación podrida, alguna que otra piedra grande incrustada. Ni una sola hoja movida, ni una pezuña, ni un solo paso marcado, ni una herradura. Nada.

Ya los ojos no les dan. A las hojas se las traga la negrura. Se hace imposible reconocer un rastro. Antes de echarse un trago, Heraquio se rinde por ese día.

—Es verdad, Patitas. El que caminó por aquí tuvo que haber volado —dice.

Heraquio se incorpora y se da la vuelta. La silueta de Patas de Mirlo se insinúa entre la sombra de heliconias gigantes.

—Ya estoy cansado, Heraquio. Todo esto es mi culpa.

—No sea güevón, hermano. La culpa siempre la tiene el diablo —el aguardiente gorgotea en el odre—. Es la noche la que hace crecer el cansancio. Aguante otro poco. Échese un trago para que dure.

6

Ni en los pueblos ni en los caseríos cercanos a los cañones había una estatua como esa. A pesar de su tamaño colosal, tenía un rostro dulce, impasible, con los ojos entornados y los labios entreabiertos. Había sido construida por los buscadores de oro para que los protegiera de los espíritus que bordean el río y de las visiones producidas por el brebaje preparado por los indios. Mucho tiempo después, cuando construyeron la iglesia, la estatua no había cabido por el portal, así que quedó durante años a la intemperie, haciéndose cada vez más blanca al sol, lavándose por las lluvias. Era la Virgen más grande que había en las montañas. Más allá no sabían, porque detrás de las montañas terminaba el mundo.

Después vino el gran incendio, provocado por los presagios ciegos de Zacarías Zambrano. Los hombres acorralados por las llamas sacaron con picas la estatua del pedestal al aire libre que la sostenía. La llevaron entre treinta, acostada en hombros, como a una gran reina dormida. Ladeaban la cabeza, encorvaban la espalda atenazados por el peso. El fuego ya se había tomado las casas, los tejados se venían abajo, los árboles ardían en los patios. Los hombres avanzaban muy despacio, aceitosos de sudor, con los rostros ennegrecidos por un polvillo de ceniza.

Los demás ya habían subido la loma del cementerio y habían abandonado el pueblo. En lo alto de la loma, el fuego llenaba los ojos de los niños.

Jeremías estaba ahí. Tenía siete años. Vio a los hombres que dejaban la estatua acostada en la última calle empedrada, donde acababan las casas y empezaba el camino.

Los hombres se libraron de su carga y se arrodillaron junto a la Virgen. Estaba roja por el resplandor rutilante del fuego. Uno le besó las manos. Después se echaron a correr y se perdieron de vista cuesta arriba, hasta que aparecieron de nuevo, con los ojos anegados, algunos con la piel ardida. Cada uno fue a buscar a los suyos entre la multitud que les abría paso.

Uno de los portadores de la estatua puso la mano en la cabeza del pequeño Jeremías: «No olvides nunca este día». Jeremías había sentido que la mano de ese hombre se fundía en su coronilla, lo quemaba. Y no era sólo ese hombre, todos los demás ardían con un calor salvaje, como si llevaran el incendio por dentro. Se tambaleaban conmovidos.

Otro empezó a decirle: «Jeremías, aunque sólo sirvas para cuidar vacas...». Le puso la mano en el hombro y fue lo mismo: manteca que se derretía. Las frases no se completaban, las palabras también se quemaban, fundidas antes de pronunciarse. Muchos bebían de los odres que abrazaban, bebían para creer lo que veían, que el pueblo no era más que un dibujo infernal de llamas. Los pájaros, los matorrales, el camino hecho de millares de piedrecitas: todo se desleía. El corazón de Jeremías daba saltos entre el tumulto.

Algunos bajaron hacia el otro lado del morro para beber tranquilos, para ver las grandes montañas de piedra que jamás podrían quemarse. Los odres circulaban entre las manos llenas de agallas, nervudas. Se oyeron unas explosiones, los últimos muros que se desplomaban, el resoplido de las brasas. Las llamas vacilantes se fueron dispersando, ese destello fulgurante que se había extendido en el horizonte se convirtió en tizne y todo quedó en silencio. Un viento frío les sacudió la piel. Entonces vieron la nube cargada de lluvia que se acercaba.

Era demasiado tarde. El pueblo entero ya había ardido.

Vinieron los truenos, la lluvia bajó del páramo. Atrás quedó ese mundo impregnado de calor y de humo.

Pasaron la noche ahí, en el morro, acurrucados unos contra otros para darse calor, mojados, tiritando entre las pocas cosas que habían logrado salvar, empacadas febrilmente en costales. «Pondré mi mano sobre el templo quemado», se oyó una voz que recitaba, luego una risa, y luego nada. La lluvia siguió de largo. Cuando escampó, la luz de la luna se derramó sobre ellos.

Para muchos fue una noche más de buen sueño. Algunos recibieron el incendio como una bendición, como un augurio, como algo que estaba escrito en el ritmo desconocido de las cosas, un ritmo y un orden al que no podían acceder ellos, gente sencilla. Si los más astutos y avisados murmuraron palabras amargas, fue sólo para ponerle algo de sal al rato, para hacer algún chiste, por picardía, para burlarse de los mansos, pero en su mayoría eran alegres, apacibles, y estaban acostumbrados a desaparecer sin dejar rastro. Vieron el incendio como habían visto las crecidas del Nauyaca que se llevaba los cultivos.

Al volver al pueblo, las calles eran caminos de ceniza. Las piedras estaban negras, las vigas devoradas por el fuego, los árboles se habían consumido. El anjeo metálico de las ventanas se había derretido. En medio de los restos del incendio encontraron la estatua blanca, tendida de espaldas. Sólo sus pies se habían ennegrecido.

Les pareció un milagro.

Después del gran incendio la vida en el pueblo retomó su curso. Nadie volvió a ver a Zacarías Zambrano. Los muros que habían sobrevivido al fuego sirvieron como base para echar tierra húmeda que los soles de enero secarían. Encalaron las casas, los techos volvieron a tejerse en cañabrava. Algunos aprovecharon para ampliar la casa y hacerles cuarto aparte a los hijos que se habían casado y habían traído esposas que habían traído nietos. Reverdecieron los patios con naranjos y palos de laurel. Los cerdos de las marraneras que se habían quemado con los animales adentro, las reses que no habían sido sacrificadas en el matadero, los conejos que no pudieron salvarse y se quedaron con las patas enredadas en las jaulas abiertas, todo ese olor a carne chamuscada que se había elevado como una nube sobre el pueblo, se transformó otra vez en un tumulto de animales vivos. La luz del incendio se convirtió en un recuerdo.

Al mismo tiempo que reconstruían el pueblo, le hicieron a la estatua un nicho en las montañas, en el alto del Nudo. Desde ahí podría cuidar el pueblo, las veredas, el río.

Y ahí sigue la Virgen, sola en la montaña, blanca entre los elementos.

En las fiestas del pueblo le llevan jarras del aguardiente de Jeremías, el cuidador de vacas que ha dejado de ser un niño, el único en el pueblo que conoce los secretos del bejuco. También Zacarías Zambrano conocía los secretos de las plantas de las tierras altas y de las tierras bajas que bordean el río, pero todos han olvidado al anciano que incendió al pueblo con sus visiones, y ahora beben del aguardiente de Jeremías. Le llevan el brebaje a la estatua y ellos mismos beben. Desde el alto del Nudo lanzan bengalas, voladores. Las peñas se alumbran, se encienden las estacas y los árboles. Las borracheras son dulces a los pies de la Virgen.

Abajo, en los cañones, por las veredas, réplicas de la gran Virgen se multiplican en altarcitos que permanecen encendidos desde el alto del Nudo hasta casi la entrada del páramo. En todos los puentes, en las cañadas, los altares trazan una línea ondulante imaginaria que sigue el curso del río.

Al alto suben también las mujeres de las veredas. Le dejan a la Virgen lo que haya dado el cultivo, fríjol, alverja, granadilla. El alto es el lugar donde se encuentran las mujeres del pueblo con las del río. Maldicen con bondad, le piden cosas a la Virgen porque así ellas mismas pueden hacer lo que piden. Entre semana, le dejan velas encendidas para que sus maridos no se emborrachen tanto. Las más viejas, gordas y felices, ya no piden nada. Las risas retumban en los peñascos que circundan el alto. Las mujeres se palmean el muslo, se abrazan mientras se ríen entre espasmos con los ojos brillantes; las recién casadas se sonrojan, también se ríen, con las manos fuertes y grandes por el trabajo, se cubren los pechos, enderezan las velas torcidas, le sacan el pabilo a las que se han apagado.

Los domingos los hombres no atienden sus negocios ni trabajan las tierras que rodean al pueblo. Descansan de los viajes de pieles curtidas que han hecho a Aguascoloradas. Entonces toda la gente del pueblo se reúne para ir al cementerio. Los niños merodean las tumbas para agarrar lagartijas de cola blanca. Después suben al alto, en una fila india que serpentea y murmura entre los maizales.

Las voces roncas de las mujeres se unen a los gritos de los niños que han desenterrado un armadillo. Lo azuzan con un palo. Empiezan los rezos que llenan los matorrales de murmullos. Al llegar al alto del Nudo se arriman a la estatua, se sientan en butacas de tres pies que despliegan bajo el letrero de NO APARCAR LAS MULAS, clavado en un árbol, y las manos diestras y enrojecidas van sacando mazorcas de costales que empiezan a deshojar junto a la estatua.

Un niño se ha encaramado a las ramas retorcidas de un higuerón y desde ahí recita a gritos el Gloria al Padre y derriba un avispero. Las brasas ya están encendidas, las mazorcas peladas, le sirven aguardiente a la Virgen y le dejan ramos de gladiolos que han bajado los de las tierras altas. Algunas mujeres han encendido puros de hojas grandes de tabaco y ya no rezan. Sólo las voces más jóvenes arrastran un coro de avemarías. Una cabecita con el pelo enmarañado se distingue entre los frutos de higuerón sacudido por el viento.

7

Para ir del pueblo a La Carbonera, Jeremías tenía que pasar por el alto del Nudo entre los ruidos del atardecer. Se oían sapos, ranas y grillos. Después venía el silencio. Se quedaba dormido en los establos, entre el calor de los animales. Salía cuando el cielo se empezaba a poner clarito.

Al llegar al alto se quedaba mirando la gran Virgen hasta que el sol salía detrás de la montaña y se convertía en una llamarada que le pegaba en la espalda. Recogía piñas de pino y las dejaba a los pies de la estatua que acariciaba con sus dedos lamidos por los terneros. Veía arriba el rostro de la Virgen, los ojos a punto de abrirse, la sonrisa que flotaba sobre ese cuerpo mineral, enceguecedor, inmenso. Después caminaba de vuelta loma abajo. Por el camino crecían adormecidas las bromelias. Pronto aparecían los platanales, las matas brillantes de café, tan abrupto era el descenso al pueblo. Pasaba frente al cementerio y seguía bajando hasta las primeras calles empedradas.

Le daba igual el sol o la lluvia, aunque tal vez la palidez de los días lluviosos respondía mejor a su carácter. Si era época de lluvias, las sombras de los árboles se ofrecían a los charcos, el aire estaba húmedo y en la casa lo esperaba una penca de carne salada y guandolo para el desayuno.

Cada tarde regresaba a La Carbonera. Volvía a bordear los platanales con las sombras ya plegadas. Después del alto, atravesaba bosques de robles de corteza negra y uvitos del monte en los que se hacía de noche aunque todavía fuera de día. A veces creía ver a dos palmos de sus ojos los ojos abiertos de la estatua. Cruzaba cercas, cañadas, lodazales, hasta llegar a los pastos de La Carbonera. La noche lo encontraba tranquilo. Juntaba las vacas, llamaba a cada una por su nombre, consolaba a los terneros destetados con bloques de panela.

Las noches pasan, también los días. A Jeremías le pasa la vida entera.

El ganado que cuida se transforma en tierra, en nubes de polvo. Los establos de La Carbonera los compra Nardarán, un tipo irascible, colérico, pacífico sólo con sus animales, entregado a ellos en alma y hueso, mientras que con los hombres es implacable y violento.

Nardarán tiene el rostro oscuro por el sol. Las alas de su sombrero absorben la luz que baña los potreros. Es de esos que creen que todo es suyo. Se ha enriquecido con su depósito, que es el más grande del pueblo, pero desde antes de nacer ya era dueño de muchas de las tierras que rodean a Sanangó, y en ellas pasta su ganado. Es dueño de bosques que ha arrasado para hacer establos, cercas, para vender madera; de terrenos llenos de cizaña que esperan vacíos el fin de los tiempos.

Todavía en Sanangó se oye su nombre, y por si algún día llegara a olvidarse, así le puso al único hijo que tiene, Nardarán, para que lo recuerden, para que cuando él muera siga habiendo un Nardarán vivo.

Son las vacas de Nardarán las que ahora se juntan en La Carbonera.

Aunque el viejo Jeremías ya no cuida ganado, le paga a Nardarán un arriendo para fabricar ahí el aguardiente que vende en La Golondrina. Tiene tinas de acacia donde pone a fermentar el bejuco cocido, tres alambiques de cobre donde lo destila. Siempre que va a llenar o a vaciar las tinas o a encender los alambiques, el aliento de las vacas vuelve a llenarlo en el recuerdo, aunque durante el día los establos permanecen vacíos.

Al atardecer vuelve el ganado. A veces Jeremías todavía está ahí, trabajando en su aguardiente. Remueve con un rastrillo el bejuco en las tinas, espera que el último destilado rezume de los alambiques en hilos transparentes. Se sienta a beber. Se pierde en sueños y visiones. A veces se le olvida irse, pasa la noche entre los cuerpos abultados, entre esas vacas de grandes morros, como si le siguieran pagando por quedarse. Cierra los ojos. Se concentra en lo que ve. Ve los bosques llenos de gente, los pastos llenos de culebras verdes. Saca su engrudo de tabaco y se lo frota en las encías. En ese silencio sosegado no pasa nada, no pasa el tiempo, no hay ninguna diferencia si es viejo o niño. Sombras sedantes lo rodean. Se echa encima una manta. Arriba oye el silbido de las estrellas.

Sale al amanecer y vuelve a pasar por el alto. Acaricia los pies de la estatua. Le mira el rostro lejano. Los pétalos de las flores que le han llevado se pegan a ella como pergaminos. Jeremías le deja unos terrones de sal para el ganado que lleva en el bolsillo. Escupe un poquito a los pies de la Virgen para limpiarle el espíritu con saliva negra de tabaco. Se mueve con la lentitud de un buey.

Es el mismo paisaje de su infancia, sólo que de niño lo veía muy de cerca, y ahora lo ve como de lejos, en medio de una luz sin lumbre. ¿Entre esas montañas vino al mundo? ¡Qué transparentes y lejanas! Cada montaña debería tener un nombre, como los ríos, como el Nauyaca, como el río grande del Cauca. La gente decía que el nombre de Nauyaca lo habían puesto los indios por la tierra roja que bordea el río. Tierra fértil para el oro.

Con la catarata en el ojo izquierdo, Jeremías ya no distingue como antes los líquenes, los hongos, las acederas y las plantas de hojas dentadas y flores blancas. Pero sigue reconociendo a varios metros el bejuco que crece en el bosque.

Lo corta desde la raíz, a machete limpio. Recoge los tallos en un canasto. Sabe que su vida consiste en hacer lo que ya ha hecho. Hace huecos en la tierra y los llena de leña de hayuelo. La leña arde sobre piedras que se calientan, y ahí, cubierto por grandes esteras, arena y tierra, se cuece el bejuco. El humo sale de los hornos enterrados, se enreda en las ramas bajas y sube. El aire se emblanquece. Después el viento empuja el humo hacia los campos.

Son los mismos barrancos de cuando era niño, las mismas cunetas cubiertas de hojas muertas, los mismos maizales que atraviesa al volver al pueblo con los brazos tensos de tanto machetear y cavar. Una lechuza blanca se queda mirándolo mientras anda. Sólo al desaparecer del todo, esos haces cimbreantes de maíz podrán convertirse en un recuerdo. Pero primero desparecerá él, antes que el maíz y que el humo.

El viejo Jeremías llega caminando hasta la calle empedrada de La Golondrina, deja el aguardiente que ha traído de los establos y vuelve a casa con la pequeña Lidia. Sus visiones lo acompañan. Sigue conociendo como nadie el alto, el bosque de robles negros y uvitos, los cañones y el río, los campos roturados, el paso estrecho de Cola de Lucio que dos hombres recorrerán años después para intentar dar con su rastro.

8

Los muros de las casas del pueblo se oscurecen con la lluvia. No muy lejos, las sombras de los árboles se hunden en el río y se alborotan los zancudos. Aun con ese aire rebullendo, un anillo de inmovilidad ciñe al pueblo. Lo siente la gente más vieja que aguarda algo, otro fuego que los remueva de la espera, algo de naturaleza vaga, indistinta, da igual si es una catástrofe o un milagro.

Es entonces cuando viene la cadena de acontecimientos fatales que empieza con el abandono de las tinas en La Carbonera.

Son tiempos de apatía que la lluvia ahonda y lleva lejos. Jeremías se ha vuelto cada vez más flojo. Amanece y se queda tendido en la cama, sin moverse, extrañado por no haberse despertado muerto. Ya no sube al alto, no atraviesa el bosque para cortar y cocer el bejuco. Deja que se fermente en los establos. Hace meses que no pone a funcionar los alambiques. Come poco por el mismo cansancio que lleva, pero tiene aguardiente suficiente, para él al menos, aunque las tinajas de La Golondrina empiezan a vaciarse. La piel parafinada se le pega a la carne. Los días pasan y ya no hay descanso que le traiga la ilusión de un comienzo.

Llueve sin tregua. Las manos temblorosas de los hombres golpean el mostrador de La Golondrina. Piden su aguardiente.

—¡Danos bejuco! ¡Jeremías, sírvenos!

Jeremías los tiene a raya. Siempre ha sabido contenerlos. Sabe que tiene que hacer durar la reserva. Empieza a rendir el aguardiente embravecido con aguardiente corriente. Después les da aguardiente malo, puro aguardiente vacío, deshabitado, como lo llama Jeremías. Con ese sí que va a envenenarlos. Les llena los totumos que le tienden.

—Voy a dejar el negocio, estoy cansado. Me agarraron los años.

Amenaza con abandonarlo todo. Después de tanto tiempo, cuando el gran incendio que había destruido al pueblo sólo existe borroso en la memoria de algunos, a Jeremías le da por volver a hablar de Zacarías Zambrano. Dice que ha regresado, que lo ha visto rondando, que lo ha visto sentado entre las sombras de La Golondrina. Dice que ahora anda con líneas negras pintadas en la cara y el pelo tieso como un casco rojo de achiote.

—A lo mejor volvió a prender el fuego.

Lo dice como si fuera un anuncio.

Pero en el pueblo han olvidado el nombre de Zacarías Zambrano, que era un anciano cuando Jeremías era un niño, que era un anciano incluso antes, cuando los buscadores de oro iban a pedirle la bebida oculta con la que se ayudaban a buscar el oro, como se ayudaban con el gallo vivo. Ahora en Sanangó no saben quién es. Creen que es alguna de las visiones de Jeremías.

Aplacados por el aguardiente ordinario, se olvidan por unas horas del aguardiente de Jeremías y de sus desvaríos. Se distienden. Conversan.

—¿Dos qué?

—Dos dientes. Se le cayeron —el hombre que habla hace chasquear continuamente la lengua—. Pero va como llevado por la divina providencia.

—¿La qué?

—¡La providencia, la divina providencia! ¿Usted es que se vuelve sordo con el primer trago?

En La Golondrina siguen bebiendo mientras las tinas de La Carbonera siguen hinchándose por el calor del fermento. Las nubes de vapores crecen dentro de las tinas hasta que se desborda un mosto fétido que las vacas de Nardarán beben. Lamen los maderos de las tinas y salen del establo, ahuyentadas por un demonio que las marea. Una vaca se despeña por un barranco y ahí pasa la noche, hundida en el barro helado. En la zona más sombría del bosque se oye un mugido ronco, violento, que no proviene de los pastos de La Carbonera sino de un lugar oculto y como subterráneo.

A la madrugada los hombres de Nardarán dan con la vaca. Con cada intento que hace por liberarse sólo consigue enterrarse más. Las fuerzas la abandonan, los mugidos se hacen lentos y se va quedando quieta. Los hombres mueven a paladas el barro que la rodea, pero el barro vuelve a abrazarla, como si fuera aire. Le llevan melaza. Ella ya no extiende la lengua para lamer las manos dulces que tiene cerca. Al fin logran sacarla atada a una soga, pero es tarde. Tiembla a pesar de los baldes de aguapanela hirviendo que le ofrecen. La enjuagan con agua caliente. No hay nada que ellos puedan hacer. Su cuerpo ha perdido el calor de la vida y la muerte la alcanza de veras, la llena por completo. Las patas se le doblan y cae, derribada por el frío que tiene adentro.

Nardarán ha visto todo desde el alto. Se vuelve hacia la estatua de la Virgen con una torcedura torva, siniestra, la cordura extinta por completo.

—¿Cómo puedes permitir esto? —en su voz hay una angustia que pareciera que no fuera a extinguirse nunca—. No pudiste curarme los pavos, el río se llevó mis peces.

Nardarán no llora, pero sus ojos enrojecidos buscan algo con avidez. Se detienen en un árbol seco rodeado de cascarones caídos. Después ven la tierra simple. La montaña, los cañones, la Virgen. Sus ojos buscan algo que pueda morir. Los ojos del rencor buscan algo bajo tierra, algo que ya esté muerto para hacer que vuelva a vivir en pena.

Antes de que la desidia cayera sobre el pueblo, una peste había acabado con los pavos reales de su criadero.

Los animales dejaron de comer, perdieron peso. Uno a uno, fueron muriendo, deshidratados, en completo desaliento, como si el sol los hubiera envenenado. El criadero se cubrió de excrementos. Nardarán se sintió vencido al ver caer sus animales.

—¿Y si les cambio el pienso?

—Cólera. No hay nada que se pueda hacer —había dicho el veterinario moviendo la cabeza.

Nardarán les prohibió a sus hombres, bajo amenaza de muerte, que arrancaran las plumas para venderlas sueltas. Era una prohibición innecesaria. Nadie iba a tocar las aves con la peste que tenían adentro. Los últimos pavos amanecieron muertos un amanecer en el que una helada había doblado los pastos y había congelado la luna y las estrellas. Flotaban en una ciénaga amarilla de excrementos.

Nardarán, con la fuerza de tres hombres, con manos grandes que cubrían de sombra todo lo que tocaban, hizo una hoguera. No soportaba enterrarlos, pensar que se iban a descomponer lentamente. Quemarlos era como devolverlos al aire, arrebatárselos a la tierra. La rueda del fuego se desplegó, vio aparecer destellos esmeralda, llamas color turquesa. Las lágrimas ardientes le brillaban unos segundos en sus bigotes antes de evaporarse. Bebió aguardiente de bejuco para aliviar la pena.

Sólo se salvó el pavo real que Nardarán tenía en el patio de su casa. Se salvó por estar aislado de los demás, aunque ese aislamiento era su condena. Chillaba en las mañanas y en las tardes. Su grito lastimero se extendía sobre los techos. En medio de ese pueblo ahogado por el hedor de las curtiembres, el pavo buscaba a sus congéneres, perdido en una inmensidad desierta.

—Qué animal tan desgraciado —murmuraba Nardarán. Pero nadie era tan desgraciado como él mismo.

De la tristeza por perder sus pavos, Nardarán sólo se había repuesto con la idea de criar lucios en las pozas que tenía cercadas en los vados del río. Cada día empezó a bajar a los cañones y a veces dormía allá. Los lucios no eran peces del Cauca, ni del Anorí, ni de ningún río cercano. Como tenían ocelos azules brillantes, le recordaban a los pavos. Tendrían que venderse por racimos más allá de las veredas. Vendrían gentes de todas partes a admirarlos. El cardumen formaba una sombra de plata bajo el agua. Les gustaba arrimarse a la corriente que entraba a las pozas cerca de las redes, y ahí Nardarán les daba de comer. Templaba las redes. Se sentaba a contemplar sus peces. Bebía aguardiente de bejuco para hacer crecer su alegría.

Los pavos reales y los lucios eran para él más valiosos que La Carbonera, que las tierras y el ganado. No eran cosas de este mundo. Quizá por eso, en una crecida, el río se los lleva. Una avalancha de peces azules flota entre palos y hojas revueltas. Los peces mueren golpeados contra las piedras, arrasados por la corriente. Después se hunden, y río abajo, en las aguas calmas, los cuerpos hinchados de los lucios forman una estela que se dispersa, se pierde en el agua para siempre.

—Los pavos, los lucios… Ahora mi vaca… —su rencor sigue ascendiendo hacia la estatua. Se queja—: Así sólo quedarán víboras en este pueblo.

Que las tinas de Jeremías se desbordaron en los establos. Que hiede La Carbonera. Que eso fue lo que emborrachó a las vacas. El nombre de Jeremías llega a la cabeza de Nardarán como un destello. Todo se hace claro en su mente. Le da las gracias a la Virgen que le ha devuelto la verdad y la certeza. La estatua está rodeada de cirios y de lámparas que se mantienen encendidas con manteca de cerdo. Los ojos ennegrecidos, extáticos.

Bajo esos ojos, Nardarán reúne a los hombres. Cuántos o cuáles, nunca llegará a saberse a ciencia cierta. Está Corona Blanca, eso es seguro, con su machete. Está Heraquio, con sus labios y su lengua carnuda y sus bigotes amarillos de tabaco. También está Agustín, un hombre regordete al que le faltan los dos dientes de enfrente.

A ellos y a otros Nardarán ofrece una paga para quemar La Golondrina. Los hombres no lo hubieran hecho por rencor, porque sólo el rencor de Nardarán es grande y puro, aunque en el fondo es un rencor que no tiene que ver con Jeremías, sino con el azar de Dios que dispone de las vidas de animales que sólo a él le pertenecen. A él, a Nardarán, se entiende. Como a él pertenece toda esa tierra roja que baja al río. Así es Nardarán. Ya se dijo antes. Es de los que cree que todo es suyo.

Nadie intenta hacerlo entrar en razón. A los hombres les conviene la plata y quieren además de vuelta el aguardiente de bejuco. Quizá ese sea el camino.

—Sacudirse. Eso es lo que necesita Jeremías. A ver si despierta, si espabila —no se dan cuenta de que hablan por ellos mismos—. Nos está rindiendo el aguardiente. Se está guardando para él el secreto del bejuco. Que escarmiente.

Lo que no saben es que sin La Golondrina, si la queman, sin las sombras que los acompañan cuando beben ese aguardiente que sólo conoce el viejo, sus vidas serán cristalinas, infernales. Todos soñarán por las noches el mismo sueño, y en la mañana se distinguirán unos a otros y se arrebatarán un saludo. Dejarán de saber qué es lo que llevan por dentro. Les crecerá la inquietud, el pesar interno.

Un trueno retumba en las montañas. Va a llegar la tormenta al pueblo. El cielo está oscuro, cubierto. El pavo real de Nardarán chilla en el patio y los conejos se juntan en sus jaulas. La gente que está en los depósitos corre para llegar a su casa antes de que la lluvia los alcance. Llevan palas, mangueras. Baldes y botas de trabajo, rollos de malla de gallinero. Uno carga un bulto de cemento. Los que trabajan en las tierras cerca al pueblo llevan semillas, cascarilla, odres de aguardiente para la jornada. Y la lluvia llega y oscurece los muros de nuevo. Algunos se refugian en La Golondrina, al final de la cuesta; entran a beber porque con un cielo tan oscuro ya no puede decirse que sea de día.

Esta vez Jeremías les sirve lo que queda en las tinajas bajo el mostrador, mezclado con aguardiente corriente. Todos comentan el asunto de la vaca de Nardarán.

¿Fue un cuatrero? Eso dijeron. Otro lo desmiente, que no había sido intento de robo. Parece que la vaca se desquició sola por una peña, fue a dar a un barranco. En todo caso el ganado ya no está seguro en estos tiempos. Varios asienten, o dejan caer la cabeza. También a Agustín le robaron un cerdo. Sí, pero esa es otra historia. Parece que fue el hijo. ¿De Nardarán? Hombre, de Agustín. El hijo le vendió el cerdo troceado a un arriero que pasó por el alto y se metió a los cañones. ¿Pero a qué viene eso ahora? El que acaba de hablar examina su vaso. Jeremías, ¿qué fue lo que nos sirvió? Yo le digo que la vaca se despeñó. Parece que el animal sufrió mucho. ¿Nardarán? Risas. Tanto alboroto por una vaca, es apenas una menos entre las tantísimas que tiene. Además, dice otro, Nardarán ya vive en el infierno, ¿no es verdad, compadre?

Jeremías le llena hasta el borde el totumo que le tiende.

9

Al sacudirse bajo un árbol, al gallo le tiembla la cresta. Los dos hombres se quedan contemplándolo.

—Debe haber una casa cerca —dice Heraquio.

Las plumas del animal arrojan reflejos metálicos.

—No me acuerdo que hubiera una casa en este trecho —sigue—. Es bueno que vaya pensando dónde pudo haber guardado más reservas el viejo, Patitas. Tuvo que haber dejado algo en su casa. Pregúntele a la niña, usted es amigo de ella. ¿Y si le dio por enterrarlo? Si el viejo se pierde, se acaba para siempre el bejuco —los jadeos entrecortan las palabras—... encontrarlo antes de que las casas se muevan y las piedras anden. Porque nada se queda quieto. ¿Sabe que los que buscaban oro recorrían las orillas del Nauyaca con un gallo vivo? Donde cantaba el gallo se metían con bateas a sacudir el agua.

Heraquio está en medio de los delirios del aguardiente. Su odre todavía tiene un buen cuarto de lo que sacó durante el incendio de La Golondrina. En el pueblo, Heraquio es tal vez el que más está apegado al bejuco.

En vez de responder, Patas de Mirlo mira en torno. Da la impresión de que ya no sabe lo que ocurre. No hay ninguna casa cerca. La luz mueve sombras y destellos sobre el agua.

Heraquio decide seguir una cañada que corre cerca al río y se adentran en el monte.

—Tal vez por aquí demos con la casa. Si hay gallo, tiene que haber un gallinero cerca. Yo tenía una gallinita gris. ¿Sí se acuerda? Me tocó matarla.

El odre se comprime entre las manos de Heraquio. Los brazos alzados le dejan al descubierto el torso negro de sudor.

—Un gallinero cerca —repite.

Baja los brazos. El odre oscilante vuelve a colgarle del hombro.

Ni tan cerca, porque ya van más de dos, tres horas andando, y en silencio las horas no pasan, se hacen más largas. Mascan hojas que les dan fuerza para andar hasta que ven la casa a lo lejos, en un alto. La casa es azul, recién pintada. Un niño juega junto a la cerca de palos que delimita el alto. Llena unas latas de agua y de limones que flotan. Arrastra las latas, el agua que hay en ellas se rebosa, los limones salen rodando. Hay hormigueros, guayabos con ramas que crecen horizontales. Un gallo da vueltas alrededor de un guayabo. Patas de Mirlo, que lleva toda la mañana sin abrir la boca, pregunta atemorizado:

—¿Es el mismo gallo que vimos más abajo?

—El mismo.

—Pero ese no pudo andar todo el trecho que hicimos.

—Entonces es otro. Ya está haciendo hambre.

En una rama, un caracolero con el pico encorvado devora algo y deja caer trozos de concha rota. Otro niño que ha bajado de la casa les abre el portón de palos. Grandes goterones de lluvia empiezan a caer sobre los hormigueros. Los dos niños corretean alrededor de Heraquio y Patas de Mirlo.

—Venimos buscando a un hombre. A un viejo —Heraquio se dibuja con la mano una barba invisible—. Flaco. ¿Lo han visto? —Los niños giran en círculos cada vez más amplios y ya no oyen a Heraquio—. Qué berriondos vergajos. ¿No se pueden estar quietos?

—Venga y preguntamos en la casa —sugiere en un murmullo Patas de Mirlo.

La lluvia golpea los óvalos de las latas vacías. Los dos hombres cruzan el portón abierto y empiezan a subir el alto.

—¡Buenas! —grita Heraquio.

Nadie se asoma, la casa parece desierta. A un costado crece un pasto afilado, descomunal, que amenaza con derribarla.

Heraquio cabecea y se pone en marcha, cuesta abajo.

Patas de Mirlo intenta detenerlo, pero Heraquio no se da la vuelta y sigue bajando.

—Me equivoqué —dice.

—¿Y los niños?

—De pronto eran diablos.

—¿Y el gallo?

—Deberíamos matarlo.

Patas de Mirlo lo sigue, pasivo, obediente. El sonido de la lluvia se cierra entre el follaje.

10

Dejan que esté bien entrada la noche y se reúnen en la plaza. Llevan los machetes colgando. Se ven los rostros aterradores subir por la calle de los Depósitos. Los cuerpos curvados de los hombres se funden en una sombra compacta.

Jeremías los espera a la entrada de La Golondrina.

El hombre calvo y raquítico al que le dicen Corona Blanca saca el machete y lo frota contra el borde del andén para sacarle filo.

—¿Qué fue lo que hiciste Jeremías? Enloqueciste a esa vaca.

Jeremías se ríe. Reconoce a los hombres que lo rodean. Muestra sus dientes amarillos, solitarios, la cavidad oscura de su boca. Al fondo, un diente de oro relumbra.

—Está loco —murmuran los hombres. Algunos tocan las vainas con la mano, otros ya tienen los machetes empuñados.

—Déjenlo, este viejo está loco —repite Corona Blanca, juntando en su voz los murmullos dispersos. Pero al mismo tiempo que lo dice, avanza hacia Jeremías pasando las yemas de los dedos por la hoja del machete.

Nardarán es el último en subir por la calle de los Depósitos, con el sombrero puesto en plena noche. Va despacio, para no cansarse, y al llegar a La Golondrina, disimulado en la oscuridad, se queda quieto como una vara.

Casi sin mover los labios, Jeremías habla con una figura que tiene al lado, un hombre de aspecto enfermizo que ha brotado de la nada, sin que nadie lo viera arrimarse. Pareciera darle instrucciones. El hombre tose y escupe, lleva puesta una túnica de percal sencilla. El machete de Corona Blanca le roza el cuello a Jeremías, que no deja de sonreír.

Corona Blanca, como obedeciendo a una voluntad más fuerte, frente a los ojos burlones y diminutos de Jeremías, baja el machete y da un paso atrás. El hombre enfermizo vuelve a toser y acerca su rostro al de Jeremías. Le dice algo al oído. Los ojos del viejo se agitan débilmente y entra a La Golondrina. Los demás se quedan afuera, quietos. La noche los deja congelados.

La noche es real. Sólo una lamparita de aceite está encendida adentro.

Mientras tanto Heraquio ha hecho de las suyas en el cuartucho trasero, porque es el único que en vez de machete lleva un odre hinchado del auténtico aguardiente de Jeremías. Le da a beber a Patas de Mirlo.

—Estaba donde me dijo —le pone la mano en el hombro—. Usted hizo bien, Patas de Mirlo, lo que no estaba bien era que el viejo se guardara su secreto. Beba un poco más… Tampoco se atragante.

Heraquio está fuera de sí, alucinado, traspasado por las luces naranja que lo esperan del otro lado. Patas de Mirlo mueve la mano y da un paso hacia atrás para rechazar la estopa empapada que le tiende Heraquio.

—Hágale, hermano. Es por nuestro bien, por el de él, por el de todo el pueblo.

Los ojos de Heraquio brillan más que nunca, con una incandescencia violenta. Patas de Mirlo cree que es de esos ojos pavorosos que se desprende el olor a petróleo, pero es la estopa que ya está en su mano y que Heraquio ha encendido con un fósforo. En menos de un segundo, Patas de Mirlo deja caer la cabeza, sus ojos se ensombrecen por las lágrimas que presienten el humo en el que Jeremías verá a su ahijado antes de caer aturdido. Los machetes alzados le parecen víboras. Arroja la estopa. Primero es la desesperación muda del humo sin fuego. El humo se arremolina y después viene el fuego.

Como si estuvieran esperando esa señal, los demás hombres entran, vuelven a moverse con un solo cuerpo y el corazón embrutecido. La extraña figura vestida con túnica de percal se ha esfumado, se ha desvanecido, devorada por el negro de la noche. Nardarán se retira. Baja la calle despacio, sin afanes, igual a como la había subido. Deja sólo escapar un suspiro.

Una vez adentro de La Golondrina, los hombres empapan más estopas en petróleo y los trapos que encuentran detrás del mesón. Las tinajas de aguardiente se transforman en cubas llameantes y las llamas reverdecen.

—¡Salven el aguardiente verdadero! —se oye un grito que ya no se sabe de dónde viene.

—¿Dónde lo escondió, Jeremías?

Una silla arde sobre el mostrador. Los paneles de latón con anuncios de cerveza se encogen, se derriten sus azules y amarillos que chorrean crepitando. Pedazos de papel encendidos se elevan sobre el fuego como pájaros flotando. Son las tiras en las que Jeremías llevaba las cuentas de los que bebían fiado, que ya no se saldarán nunca. La lamparita de aceite arde aún encendida. Pero una lámpara encendida es imperceptible en una casa en llamas. El cristal de la lámpara estalla y el tanque de aceite se derrama en una especie de alivio.

El zurullo de hombres con machetes vuelve a rodearlo, un solo hombre con muchos brazos oscurecidos por la humareda. Jeremías ya no los reconoce, aunque sigue mirándolos desafiante, socarrón y aturdido al mismo tiempo. El círculo se estrecha a su alrededor, los hombres van a derribarlo. Un viento pavoroso y helado se levanta de repente en plena taberna, como recién bajado del páramo, y los dispersa. Ellos tampoco reconocen nada de lo que tienen en frente, porque al volcar las mesas y romper las sillas que aún no ha consumido el fuego, se mueven ciegamente, animados por una fuerza que no les pertenece. La misma fuerza que cargó la estatua, que liberó a la vaca, la misma fuerza que pasa de un cuerpo a otro, impersonal, sin nombre, ciega.

Cualquiera que vea a estos hombres ahora mismo tampoco podría reconocerlos, y si alguien pasa por la calle de los Depósitos en esta noche extraña, alguien del pueblo, algún recién llegado a Sanangó, creerá que están borrachos, alentados por un rumor y después detenidos por ese viento glacial y desconocido que sigue soplando entre las llamas. Lo más extraño es que en este momento están perfectamente sobrios, borrachos en una sobriedad que los posee y los lleva a destruir el lugar en el que han bebido litros incontables de aguardiente escanciados por Jeremías.

Pero la calle de los Depósitos está desierta. Todas las lámparas del pueblo cuelgan apagadas de las vigas, y más allá, sobre los techos, el oleaje de montañas se oculta en la gran noche. A pesar de la oscuridad, nadie en el pueblo duerme. Todos están rumiando ese sentimiento de presagio aplacado que por fin reina. Sólo hay luz en el andén de enfrente, unos metros más abajo de La Golondrina, en la ventana de la casa de Jeremías. Frente a esa ventana los hombres pasan de vuelta. La tensión que los unía antes se ha disuelto, y los cuerpos bajan distendidos, vaciados de lo que tenían dentro.

¡Jeremías!

Dueño de una taberna pobre vacía sus ojos sobre los restos del incendio. Se desvanece, no porque ya no le den las fuerzas, sino porque el silbido de las llamas lo tiene anestesiado, le va adormeciendo el cuerpo por partes hasta que ya no le queda ni un destello de consciencia. Las chispas caen y se extinguen.

Es el segundo fuego en su vida. Esta vez cree que es una visión del bejuco. Por un momento el nombre de Nardarán se le cruza como un cometa, pero pasa.

Como si hubiera estado esperando que el viejo estuviera tumbado para desplomársele encima, el techo se derrumba con un estallido de palos y de truenos.

11

¿Hasta dónde va a llegarles el camino?

Los dos hombres olfatean los barriles de melaza que la gente de Santuario ha dejado afuera para las vacas, aspiran esporas de helechos, orinan sobre los fuegos que encienden en las noches para espantar a los pumas y las víboras, les rezan a las vírgenes del río en los nichos llenos de velas, meten la cabeza en el agua para refrescarla. Las ondas son sinuosas, lentas. Ahí donde hunden la cabeza, se forma un pequeño remolino. Luego la corriente alisa la superficie. Beben del aguardiente de Jeremías.

—Como que se perdiera uno por estos recodos, ¿cierto?

Patas de Mirlo va mudo, como si otro caracolero se le hubiera comido la lengua.

A Heraquio le da por cantar. Los labios carnosos le palpitan. La voz le crece por el eco, se le ensancha. Bizquea con los ojos pegados al odre de cuero de piel de conejo.

Se alternan los días soleados y los días de lluvia. La lluvia, el polvo; el barro, el viento.

Este día es sofocante. El río parece más quieto. Fluye hacia una poza donde las rocas se sumergen y se pueden contar los peces. Con la punta de las alas, las golondrinas y los vencejos rasguñan la faz del agua. La cabeza de Heraquio se ha convertido en un horno ardiendo por el aguardiente; la hunde para refrescarla. Con la frente brillante, chorreando, se sienta sobre una piedra.

—Sólo es un rato, mientras el calor baja —se aplana el bigote mojado con los dedos. Jadea, como si cargara varios perros adentro—. No tener un tabaquito, hombre.

Patas de Mirlo se le arrima y se pone a dar sorbos del odre que le pasa el otro. Apenas si bebe, se moja los labios y los repliega.

—Por suerte usted sabía dónde guardaba su padrino una reserva —vuelve a insistir—, y tendrá que haber dejado más en alguna parte. Porque si sólo dejó lo que había en La Golondrina, esto se jodió. Tiene que haber algo en su casa, escondido en ese patio que tenía todo cagado. O tinajas llenas de aguardiente enterradas en los pastos de La Carbonera. ¡Eso sería bello! ¿Se imagina, Patitas?

Las palabras de Heraquio le perforan el oído. ¿Había robado a su padrino para complacer a Heraquio? ¿Para aplacarlo? Una vez ha bebido, las visiones del bejuco, a veces pálidas, a veces nítidas, siempre veloces, empiezan a rodearlo. Cree ver junto a ese tronco a su madre. Lautara la cruel con el mismo pañuelo negro que usaba para protegerse del olor de las curtiembres.

El día se hace más ardiente, caluroso. Un bochorno estático, sin un soplo de viento. Montones de hojas quietas. Heraquio está en la cúspide de la borrachera cuando el bochorno se convierte sin aviso en una borrasca.

—Esthercita, Esthercita.

—¿A quién llama, Heraquio?

—¿No la ve? Menudita. Lo más de linda. Lleva una cadenita de oro en el tobillo.

Patas de Mirlo mira hacia donde los ojos de Heraquio se extravían, trastornados. Lautara la cruel se escabulle entre las ramas torcidas de un caimo.

—Tenga cuidado, madrecita. Que no se la lleve el río.

—No debería tomar más. No se puede hablar así en el monte —suplica Patas de Mirlo.

Sólo el agua los rodea, una masa profusa de hojas y de lianas en la orilla y los ojos de Heraquio que serpean con el río.

—El río ayuda a los que lo conocen, pero no siempre, Patitas. ¿De cuántas vidas cree que se ha apoderado este Nauyaca?

Patas de Mirlo responde con timidez:

—Poquitas. De ninguna.

La palmada que le da Heraquio en la espalada lo deja temblando.

—De un buen puñado. También a los ahogados los encontraba el gallo.

¿Cuál gallo?

Patas de Mirlo recuerda la historia de los buscadores de oro y vuelve a ver la cresta roja y el plumaje vivo del gallo que habían visto en la vereda bajo el árbol.

—Es lo que dicen —hace un gesto con la mano que abarca la inmensidad del río, que imita el flujo del agua—, que se metían con el animal en una chalupa y donde cantaba, ahí buscaban el muerto. Pendejadas que creía la gente. No tener un tabaquito, hombre —repite—. Después desguazaban la chalupa porque era de mala suerte usar cualquier barcaza donde hubiera cantado un gallo.

El río corre descolorido, casi sin luz.

—¡Cómo no! —Heraquio se palmea ahora el muslo—. Si lo que me gusta de andar con usted es que habla tanto. Desde que salimos del pueblo no para de hablar. Eso lo acompaña a uno.

El otro carraspea, disculpándose. Si al menos pudiera pronunciar sus pensamientos para disipar la oscuridad que se les viene encima.

—Yo creo que no encontraban a los ahogados porque... ¿Sabe una cosa, Patas de Mirlo? No hay diferencia entre el cuerpo y el alma. Haga de cuenta... —se queda mirando el agua.

El alma. Patas de Mirlo sabe de lo que habla Heraquio. Asiente. A Lidia podía verla con los ojos del alma. El alma es esa sed innecesaria.

—Bueno, pues todo este asunto es bien extraño —concluye Heraquio, como si hubiera llegado a algo.

El odre descansa a sus pies. El viento ha amainado, las montañas se cierran. Los árboles grises se confunden con las nubes. Entre las ramas aparece un barranquero, vivos aún sus colores en la noche rápida que cae.

—Aquí en estos cañones estamos solos. Nadie puede vernos. Sólo nos tenemos el uno al otro.

De pronto Patas de Mirlo comprende en un destello. ¿Se ha ahogado el viejo? ¿Por eso menciona Heraquio a los ahogados, el gallo, las barcazas inmundas que surcaban el río buscando muertos? El terror que siente le impide preguntar. Con la garganta atorada de lágrimas recoge el odre y bebe las gotas que quedan. Se queda acariciando el cuero de conejo con tristeza.

También puede ver a Jeremías con esos ojos, los ojos que sólo ven sombras. Pero ¿dónde está Jeremías, su padrino, el viejo de carne y hueso? ¿Podrá perdonarlo? Y Lidia, no la Lidia que está adherida a su pensamiento, sino la que está allá en el pueblo. ¿Quién es y qué hace ahora, justo en este momento? Las preguntas lo aturden como si no fueran suyas, semejantes a pedradas. Lo atenazan. Su mente de arena se derrumba. Es pura pregunta. Invoca una razón para volver al pueblo, una que no sea Lidia.

—¿Usted y yo somos amigos, Patas de Mirlo?

—¿Por qué lo pregunta?

—Porque dicen que los que no fueron amigos en la tierra pasarán la eternidad juntos. Y a mí no me gustaría estar tanto tiempo con usted. Me parece que ya ha sido suficiente.

La ceguera de la embriaguez se apodera definitivamente de Heraquio hasta que se queda dormido y sólo una raya de luz bordea los cañones. Al despertarse no sabe si ese resplandor es la claridad del día ya perdido o la luz del que viene.

—¿Sabe que nos la hizo? Se subió al páramo. Allá mismito está, enfundado —señala hacia lo alto del cañón, a la corona de negrura—. Trepó por Cola de Lucio. ¡Y nosotros que nos devolvimos!

Heraquio intuye la presencia del viejo, aunque no la desolación en la que se encuentra. Intuye la distancia. Es tan escarpado el camino del río hasta el páramo, y tan áspero. Jamás podrán alcanzarlo. ¿Cuántos kilómetros? Demasiados probablemente. En la montaña las distancias son otras, inalcanzables. Por eso no dejan de crecer la desesperación y el anhelo. Mira interrogativo a Patas de Mirlo que sólo atina a decir, sin énfasis, más para sí mismo:

—Deberíamos volver al pueblo.

Heraquio niega con la cabeza.

—Seguro en el pueblo están diciendo que Nardarán me pagó para que lleváramos al viejo de vuelta.

Patas de Mirlo no insiste. Él está ahí, siguiendo el rastro de Jeremías porque Heraquio le ha pedido que lo acompañe, y porque el diablo de la culpa lo tiene preso. Pero por encima de eso, está buscando al viejo para llevarle a la niña a su abuelo de vuelta. Eso es lo que él cree. En su corazón de veras lo cree.

Y Heraquio, ¿por qué hace lo que hace? ¿Qué lo mueve si no es la orden de Nardarán, el pago que le ofrece por encontrar al viejo vivo o muerto? Por eso soporta esas noches sin un catre para echarse, los días enteros caminando sin comida caliente. Por eso, sí, pero mucho más por la imaginación que tiene de cómo serían sus días sin el aguardiente del viejo.

Oyen el ladrido de un perro, el sonido del agua. Esta vez los dos se quedan dormidos y duermen lo que queda de esa noche, mientras que arriba en el páramo sigue soplando un viento helado que se mete a las casas vacías, produce silbidos desapacibles y se lleva los techos.

Lidia y Patas de Mirlo

12

Acostada en su cama, bañada en sudor, no es capaz de moverse. Desde ya repasa los caminos posibles de su venganza. Oye un portazo y después los pasos que atraviesan el patio. El crujir endeble de las jaulas. Otra vez los pasos.

—El viejo Jeremías se ha ido.

Lo dicen en voz alta al pasar frente a la casa de Lidia. La voz corre por el pueblo. Lidia no cree. Presiente que su abuelo está muy cerca. Se pone de pie. Arrastra los pies hasta el patio y ve las jaulas abiertas. Tiene los ojos más grandes, más tristes, más parecidos a los de una india. Los hombres vuelven y entran por la puerta que se ha quedado abierta.

—¿Qué se llevó? —le preguntan.

Va a envenenarse con su tristeza si no es capaz de convertirla en rabia.

—Unos conejos vivos —dice con firmeza.

—¿Para comérselos? No va a llegar muy lejos —es Corona Blanca el que lo dice. A la luz del día puede verse que además de pelo le faltan cejas y pestañas. Su piel es lacia, transparente.

—¿Por qué lo dejaste ir?

En el patio rodean a la niña. La zarandean.

—¡Déjenla en paz! ¡Qué culpa tiene ella!

Es una vecina que entra. Vive en la misma calle, más abajo de los depósitos.

—El viejo se fue y dejó una deuda con el pueblo.

—¿Ahora les sale a deber? Les dan dos pesos y se enloquecen. ¡Vendidos! ¿Se les acabó el juicio? Todo esto no es asunto de la niña. Se van, ¡salen de aquí ahora mismo!

La mujer se acerca a Lidia, le sirve de pantalla contra los hombres y mueve los brazos de abajo a arriba para espantarlos.

—¡Fuera, fuera!

—¿Quién se va a ocupar de ella? —pregunta uno.

—No van a ser ustedes —grita la mujer —. ¡Fuera de aquí de una vez!

—Era ella la que cuidaba a ese viejo —se ríe otro.

—¿Quién los va a cuidar a ustedes si no vuelve Jeremías?

Es verdad. Quién va a emborracharlos por las noches. ¿Quién les dará el bejuco para curarles el alma? Por eso quieren a Jeremías de vuelta.

—Si le pasa algo al viejo, será culpa de ustedes.

—Ya se fue Heraquio a buscarlo. Con Patas de Mirlo.

—Ese es el de la culpa. Quién lo ve. Lelo como una mosquita. Su propio ahijado. Él empezó el fuego, hizo el daño. ¿Hasta dónde hemos llegado? Ya no se puede fiar uno de los lazos más sagrados. Igual con el cerdo que se llevó mi hijo… el mal duerme en la propia casa.

Lo dice el hombre rechoncho y bajito al que le faltan los dientes de enfrente.

—No revuelva las cosas, Agustín. —La mujer baja los brazos, en una especie de tregua, luego reflexiona y vuelve a ponerse a la defensiva—. Todos metieron la mano en el fuego del diablo. El daño ya está ya hecho. No hay manera de… ¡Quítese! Salga de ahí ya mismo que eso no es suyo.

Los conejos han salido de sus jaulas y se acercan a olisquear las botas de esos hombres que invaden el patio. Corona Blanca acaricia una de las pieles que cuelga secándose de una viga. Lo hace por costumbre, para ponerle a la piel un precio al tacto. Otro hurga en la cocina y destapa la olla de aguapanela.

—Esto está rancio —dice—. Niña, tú debes saber dónde guarda el viejo el preparado de bejuco.

—Se llama Lidia. Se me van. ¡Afuera!

Es como si al acariciar la piel que cuelga de la viga se le hubiera apaciguado la voz a Corona Blanca, que se dirige ahora a la niña:

—Tú debes saber el secreto. ¿Cómo lo preparaba?

Lidia sigue callada en medio de los hombres. Los mira fijamente por separado. Parece leer sus pensamientos como si estuvieran expuestos a la luz del día.

—El secreto se lo dieron los indios, o la Virgen que él adoraba como a un demonio —dice Agustín, y se frota la frente.

—No van a sacar nada hoy, ni ningún día. Larguen a sus casas —grita la mujer—. Cojan decencia. A ver si aprovechan y se desencariñan de ese aguardiente. Harto bien que les haría.

Lentamente, sin hacer caso de los gritos, pero intimidados por la niña que apenas pronuncia palabras humanas, los hombres se repliegan desde los rincones que han ido recorriendo, husmeando. Uno sale del cuarto del viejo, otro vuelve del jardín trasero. Salen con las manos vacías, como a pesar de ellos mismos, como si la casa tuviera un desnivel que los barriera hacia la puerta. La mujer cierra la puerta con fuerza y se vuelve hacia Lidia antes de volverla a abrir para salir.

—¿Te las arreglarás esta noche? —le pregunta.

Lidia se las arregla esa y todas las noches, hasta que se hace vieja y su cuerpo se encorva y vuelve a tener el tamaño de una niña.

Por ahora va a la cocina a encender la estufa. Las gruesas planchas de hierro están frías. Hace bolas de corteza y zacate, acomoda los leños, enciende una corteza que hace arder el zacate entre los leños. Sopla. Su rostro menudo se ilumina. Brillan sus ojos grandes. Saca puñados de la masa de maíz, se humedece las manos y se pone a hacer arepas. Por si llega Jeremías a desayunar tarde. El zacate se consume entre los leños que empiezan a crujir hasta que arden.

La estufa tarda en calentarse. El hierro es negro, oscuro, parece tener agujeros por los que se le mete el frío.

Ahora mismo, quieta, con esas bolas de maíz entre las manos, Lidia puede oír el resuello de la estufa que silba con las corrientes de aire.

13

Si uno baja del alto, La Golondrina es la primera casa del pueblo. Si uno va subiendo, es la última: ahí el pueblo cede, muere, se acaba. La calle sube entre las casas y se disuelve en el camino empolvado, igual que todos los charcos y arroyos de Isvara que van a dar al Nauyaca.

Lidia prefiere no salir, espera junto a la ventana, reacomoda la leña en la estufa, separa y junta los leños. Percibe el silencio que la rodea y el que lleva adentro. La luz afuera y dentro de sí. La preciosa soledad que la acompaña se convierte en minutos, en horas, en días. Lleva días sentada en la misma silla a la que se atornillaba Jeremías. A ella no le llegan los pies al suelo. Deja que el fuego se apague. Se sobresalta con los golpes en el vidrio.

Es Patas de Mirlo.

Lidia abre la puerta, Patas de Mirlo mira a lado y lado de la calle. Sus fosas nasales palpitan. A los ojos se le asoma el nerviosismo, esos ojos verde amarillos sobre la nariz enrojecida. Nadie sube por la calle de los Depósitos. Hacia arriba… ¡La Golondrina! El techo se ha venido abajo y forma un monte de escombros entre los muros quemados. Patas de Mirlo observa. Las cosas que no comprende están para él rodeadas de una falta de luz más o menos completa y cree que son esas las que ocurren por su culpa. Hace un esfuerzo, como intentando recordar un sueño. Él tuvo la estopa empapada en petróleo entre las manos, y la arrojó, ¿cierto o no?

¿Cierto?

No puede responder con claridad. La escena le da vueltas en la cabeza. Patas de Mirlo siente que le suben las ganas de llorar. Prefiere alejarse hacia otras noches más lejanas: La Golondrina con su padre adentro, y él, apenas un niño, sin oficio en una taberna en la que lo único que había que hacer era sentarse a beber, aunque él se las arreglaba para hacer algo, llenar de aceite la lámpara que ardía sobre el mostrador, sacudir alrededor los insectos chamuscados, enjuagar y secar los totumos que nadie estaba usando.

Ya no está Jeremías, ya no está su padre. Los hombres que se embriagaban con las visiones del bejuco están ahora escondidos en sus casas. Sólo él puede ver en la memoria la taberna, oír las maldiciones, las blasfemias, los aplausos cuando alguno de los hombres daba con un relámpago de claridad en la noche de sus visiones. Las peleas y reconciliaciones brotaban como hierba mala. Jeremías los azuzaba a todos con gritos y carcajadas que eran síntoma de la buena salud de su alma. El estruendo de sillas no perturbaba a los borrachos pacíficos que rumiaban pensamientos frente a su bejuco servido, o a los que sorbían su totumo sin hablar y sin quejarse. A los tranquilos y a los revoltosos se queda mirándolos por igual con los ojos del recuerdo. Patas de Mirlo vuelve a ver a su padre, inclinado hacia adelante y meciéndose como un niño, debatiéndose con sombras frágiles. Parpadea y sacude levemente la cabeza. Regresa de esa noche en pleno día.

—¡Lidia! —llama. Finge buen ánimo—. Ya volvimos. Recorrimos las veredas, el río.

Pero nadie lo escucha. El umbral de la puerta está vacío y Lidia hace rato que ha vuelto a ocupar su lugar junto a la ventana. Patas de Mirlo toma aire para darse aliento. La niña está pálida, tranquila. Con las manos engarrotadas y sus ojos de galgo, redondos y grandes en relación con su cabeza. Todo en la casa está en orden. No hay señales de desesperación ni de descuido, aunque la estufa no está encendida y la masa de maíz se ha convertido en una bola sólida.

—Volvimos —repite—. ¿Ya comió?

Lidia lo mira. Patas de Mirlo sabe que eso no es lo que ella espera que diga. Tal vez no espera nada. Lo mira como si no lo conociera, como si jamás lo hubiera visto. Sus explicaciones titubean como los pasos con los que se acerca a ella. Con los ojos húmedos, le pone las manos sobre los hombros.

—No lo encontramos.

Patas de Mirlo suelta los hombros de la niña y sacude las manos en el aire como si se le hubieran quemado.

Lidia sigue en su silla junto a la ventana con los ojos inmóviles. Patas de Mirlo sólo sabe repetir las palabras que oye, y ahora que no oye nada, no sabe qué hacer, qué decirle a la niña. Es tan pequeña, pero tan dura.

Unas pieles se secan a la sombra. Dos blancas y el resto del color pardo rojizo que tenían los conejos del viejo.

—Vimos unos caballos que le habrían gustado harto.

La lengua se le ha puesto seca. ¿Por qué me mira así? ¿Acaso sabe? ¿Sabe? ¿Me vio...? Se nubla. Intenta decir algo más pero las palabras no le llegan. Sin moverse de donde está, se inclina hacia el patio para alcanzar las jaulas con la vista.

—¿Nació la nueva camada? —empieza a contar los conejos distraídamente—. Uno... siete, once... —abandona la cuenta porque ve más cuerpos mullidos, indistintos, que se mueven entre los arbustos. Son demasiados conejos para contarlos.

—Lidia... ¿Qué le estaba diciendo? —Se rasca la cabeza y se frota las manos con angustia porque no estaba diciendo nada—. ¡Sí! Le traje... —Pero ve que ha olvidado las bolas de dulce y la uchuva que había recogido... Todo metido en un talego, ¿dónde lo había dejado? Se lleva la mano a la frente. En la piedra de las pieles mientras se lavaba la cabeza en el patio de su casa. Una voz le grita por dentro. Siente un peso enorme sobre los hombros. Las lágrimas son abundantes, lo marean. Le gustaría dejar de ser él mismo—. No me mire así Lidia, estoy bien cansado. El río, el páramo, las veredas… estar siguiendo todo el tiempo a Heraquio… es como si me hubieran aporreado cien… —moquea— noches… cien hombres, digo.

Patas de Mirlo baja la cabeza. Deja que se asiente el enjambre de palabras sin sentido. Después abre los brazos como si quisiera medir el tamaño de su vergüenza.

—Heraquio me dice lo mismo, que soy muy débil.

Supone que así responde a lo que está pensando Lidia. Pero Lidia no piensa. Sabe mirar, observa. Nada de lo que sucede a su alrededor se le escapa, aunque no reacciona nunca.

Una súplica silenciosa se eleva en Patas de Mirlo. Lidia sigue igual, callada, como antes Jeremías, como si al rato fuera a llegar algo, como si ya oyera a alguien subir por la calle. Ante ese silencio, se le revuelve el arrepentimiento a Patas de Mirlo, se convierte en calambres que le retuercen la barriga. Aunque ella no lo mira, le esconde los ojos a la niña. Y desde ahí, bajito y quedo, mirando al suelo, vuelve y deja subir su rezo, por si el otro se ha perdido en el camino.

No se puede creer en lo que no se cree, pero él cree en Lidia. Más que en Dios y que en la Virgen bendita. Más que en el bejuco. A ella le debe estar ahí, por ella llegará el perdón de su padrino.

—Me voy, Lidia.

Lo peor sería separarse de ella. Eso sería lo peor.

—Pero en estos días estoy volviendo para ver cómo le va con todo. —Un destello de locura esperanzada se sobrepone a la humildad y al temor de Patas de Mirlo—: Y Jeremías volverá conmigo.

Por supuesto Jeremías no vuelve. Está muerto.

Pero Lidia no lo sabe y pasa los días esperando. Que vuelva apaleado, con las manos negras, mordido por una víbora. A veces abre los ojos en la noche y se imagina los monos aullando en las gargantas del río, el viento verde en los cañones, los torrentes de agua en los pasos estrechos. Ve los puentes colgantes que están a punto de caerse, que sólo soportan el peso de los muertos. Un día irás conmigo, le decía Jeremías. Lidia ve el río con las palabras del viejo. Ir es fácil. Ahora que él no está, puede hacerlo. Van niños menores que ella, suben solos al alto, bajan al río. Bajan a bañarse, a hacer algún mandado a las veredas. Pero ella se da la vuelta en su cama. Mira el muro. Cierra los ojos sin quedarse dormida. Prefiere seguir viendo el río como lo contaba Jeremías.

Afuera la luna sale sobre los tejados del pueblo, blanquea el lomo de los perros. Durante la noche, las estufas cerradas guardan el calor en las cocinas. Lidia se queda dormida con la cabeza llena de los trechos de un paisaje que no conoce, una masa confusa de agua, cielo y tierra que absorbe todo el tiempo a Jeremías.

Ya no hay nadie que la arrope, que le pregunte las cosas que ve antes del sueño. Y del sueño ya no hay una voz que la saque, y ese silencio la despierta con un sobresalto, como si no oír la voz de su abuelo fuera un ruido seco en el patio, algo que se cae. Antes de abrir los ojos ya lo tiene en frente, sin tenerlo, y lo llama largo, quedo, sin llanto, sin pronunciar palabras.

Desde que amanece, Lidia se convierte en lo que espera.

Tiene pieles en remojo, debe removerlas, sacarlas del agua gris, enjuagarles la caca, la ceniza, la sal, el alumbre, sacarles los pellejos con las uñas, raspar los cartílagos. Debe frotarlas con una piedra para pulirlas. No puede hacer nada de eso.

Se queda junto a la puerta. El silencio de la espera vuelve a cerrarse.

Va al jardín, se sienta sobre la pala con la que limpia las jaulas. Siente que la pala es una cuchara que la palea a ella, que la alza por encima del patio, la eleva sobre los techos de los depósitos. Ve los canalones de hojalata, las tejas, la mala hierba en los tejados; pero aparte de los cardos y el diente de león que crece como maleza, el pueblo está abandonado, desierto de gente, como si Jeremías fuera toda la gente del pueblo. Las casas y las calles están sin él.

Los ojos no dejan de brillarle en el rostro. Siguen viendo lo que tiene en frente.

Ve a su abuelo andar con su lámpara en una oscuridad llena de estrellas, bajar entre los riscos. Suenan ranas, grillos, los mismos que en el cementerio suenan entre la valeriana y los pastos de montaña. Los mismos que en el pueblo se juntan al atardecer en los lotes deshabitados. Los caciques candela revolotean y sus graznidos se oyen como señales de mal agüero. Ve que el viejo va bajando con la camisa abierta y los pantalones descosidos. Se le ve el vientre, las costillas. Va más dejado que cuando se había ido.

Lidia se levanta, enciende la lámpara y va al cuarto de Jeremías. Saca la caja de las mantas. Las mantas pesan más por toda la humedad que han tragado. Sabe que en el fondo el viejo guarda una muda de ropa limpia. La aterrorizaba mostrándole las encías negras de tabaco y sacudiéndole el pelo:

—Para el día que tengas que enterrarme —y se reía.

Lidia saca la muda como si fuera un ajuar de novia. Cuelga la camisa y el pantalón junto a las pieles para que los oree el sereno.

Jeremías tarda en regresar. Tarda tanto que ya no vuelve.

Una noche Lidia sueña que la estufa de la cocina se transforma en un tanque lleno de culebras de agua. Entonces se levanta de la cama y va a la cocina a encender la estufa, a medianoche, aunque no la necesite nadie. El agua es el agua y el fuego es el fuego. No deben mezclarse.

En ese momento, una determinación empieza a crecer en la niña. Una determinación y una fuerza que no conoce ningún hombre en las montañas. Se le ve el rostro duro marcado por el pelo negro; los ojos le crecen aún más y depuran lo que tienen cerca. Las cosas se hacen simples frente a ella.

14

Al amanecer, el pueblo está en silencio. Unas cintas negras ondean en el dintel de la puerta. El vestido que tiene puesto la hace ver más grande. En esos días de espera, Lidia ha dejado de ser una niña por dentro. Por fin han bajado el cuerpo del viejo desde el páramo, atravesado en la silla de una mula. Es al menos lo que le dicen a la niña.

Antes de entregárselo, lo cubren de sal y ceniza. Lo dejan secando al sol, igual que hacen con las pieles. Pasa varios días en un abrevadero, bañándose en agua con alumbre, y lo dejan otros días más que se seque a la sombra.

—Por eso es que está así —le dicen.

Lo que le entregan a Lidia es un cuerpecito rojizo, socarrado, con la piel pegada a los huesos. La cara la tiene extraña, como de cobre. No se deja reconocer. No huele todavía, pero hay que enterrarlo. Aunque lo secaron, tiene adentro el corazón, las vísceras.

Lidia lo viste con el pantalón y la camisa que cuelgan de las vigas del techo. Ha disminuido tanto de tamaño que al ponerle la muda parece que la ropa siguiera colgada. En el rato que pasa sola con el cuerpo, Lidia corta un cuadrito del dobladillo de su vestido y lo cose a la camisa de Jeremías.

Es el único entierro del pueblo en el que no se bebe aguardiente. Ese día hace sol, sube una ola de calor del río, luego vienen cuatro días de niebla.

Después de la muerte de Jeremías, llega el horror para los hombres que se retuercen en su arrepentimiento. No tanto por el daño que le han hecho a Jeremías, sino porque ya no hay aguardiente de bejuco en el pueblo.

En las noches sueñan lo mismo, se despiertan sobresaltados y se echan a la calle como un rebaño de insomnes llamados por un silbido. En las calles vacías de Sanangó se miran entre ellos, extraviados, sin saber qué los convoca. Con balbuceos de desconcierto empiezan a contarse el sueño que acaban de tener, el sueño en el que están ahí, fuera de sus casas, reunidos sin motivo en medio de la noche para empezar como tartamudos a contarse el sueño que han tenido y enmudecer de asombro al darse cuenta de que todos han tenido el mismo sueño, que es idéntico también a ese momento que ya no saben si es de sueño o de vigilia.

La confusión es tanta que ignoran si noche tras noche soñarán que sueñan y despiertan sobresaltados a buscar a sus compañeros de sueño, y les da miedo, porque es imposible salir de un sueño compartido, y menos si se repite eternamente.

Entonces ya no son capaces de volver a dormirse. Se turnan para que al menos uno de ellos esté de guardia y pase de casa en casa sacudiendo a los que están a punto de caer derrotados por el sueño. Ese insomnio forzado termina de arruinarles los nervios.

Aún se habla de las vacas borrachas, corriendo por los potreros de La Carbonera, poseídas por el alma del bejuco, pero se habla de eso como de algo sucedido hace mucho tiempo, en la época en que Sanangó no era más que el lugar de paso de las gentes harapientas que buscaban oro en el Nauyaca con la ilusión de alcanzar una riqueza inesperada.

Algunos de los que participaron en el incendio se guardan el secreto, aunque en sus casas saben lo que hicieron. Otros lo cuentan a todo el que quiera oírlos, con pesar y con angustia, buscando librarse del peso feroz del remordimiento.

—Nos echamos la soga al cuello —decían—. Y él como si nada. Sigue atendiendo su depósito, no le duele un hueso.

Se referían a Nardarán que parecía ser el único capaz de soportar le vida sin las visiones del aguardiente.

—Que el diablo lo tenga en su gloria —coreaban—. El mismo diablo que lo ayuda.

Unos pocos se mueren, no sobreviven sin el bejuco. Los que quedan vivos se refugian en un aguardiente rastrero, deshabitado, que viene vacío, sin la voz de consejo que le soplaba Jeremías. Con el bejuco, aunque se pelearan, aunque se emborracharan y se dejaran ver zigzagueando en los tramos de la noche en Sanangó, les crecía la gana de estar vivos, de subir al alto, de bajar al río. Ahora esa gana como que se les muere. Como que se les muere todo por dentro. Van por ahí sonámbulos, golpeados por el embotamiento. La vida sin visiones los llena de amargura. Así se van muriendo poco a poco.

Nardarán, es verdad, sigue como si nada. Parece que rejuveneciera. Se pasea por las calles del pueblo con una vaca ventruda atada del cuello, y le silba como si fuera un perro. Ensoñación, la llama; y la vaca le responde moviendo hacia él sus ojos grandes. Atiende el depósito todos los días, menos los martes, que es el día en que va al mercado de animales en Aguascoloradas. Está convencido de que si cruza especies comunes de peces o pavos dará con animales más espléndidos y luminosos que los pavos reales exterminados por el cólera y los lucios arrebatados por el Nauyaca. Mientras tanto Ensoñación es su consuelo. No piensa en Lidia ni en Jeremías. Tampoco en La Golondrina.

Lidia sigue creciendo.

Friega la casa. Lleva baldes de un lado a otro. Corta tallos de bore. Alimenta a los conejos. Va vestida con un delantal raído, con un palustre raspa los restos de caca de paloma seca en la tinaja de la curtiembre. Recoge con la pala los excrementos de los conejos. No va a la escuela. Está siempre rezagada de los demás niños. Barre las hojas que han entrado al patio durante la noche. Hace bolas de zacate que arroja a la estufa. Al amanecer, la casa se ilumina, se llena de soledad.

Los conejos se apretujan para conjurar el frío que queda de la madrugada.

El alma de Lidia siempre está limpia y sus ojos se hacen cada día más ardientes y más grandes. Empiezan a adquirir un color luminoso. Le crecen como cogollos los pechos. Friega los patios de los vecinos a cambio de una bolsa de arroz o de un litro de aceite. Limpia las casas, reparte pienso entre los animales. Camina con la cabeza erguida y la respiración regular de una adulta. Sus pasos son pequeños, finos, como de llovizna. ¿De dónde le viene esa paciencia que tiene? De barrer, curtir pieles, de limpiar jaulas. De no hacerse jamás una pregunta. No se le cruza siquiera por la cabeza abandonar el pueblo, la calle empinada, los conejos. El olor a carne desmenuzada y muerta.

Tiene una vara de hierro con la que azuza el fuego en la estufa. El sonido del hierro contra el hierro le trae de vuelta la voz de Jeremías.

Yo tenía tu edad, Lidia, a lo mejor un poco menos mayorcito. Todos dormimos acurrucados esa noche en la loma del cementerio, pero en la mañana los dejé y me fui al río. Si tú hubieras nacido, habrías venido conmigo. Había golondrinas secándose las plumas en las piedras. Tenía un sabor amargo y me lavé la boca en el agua.

Sanangó está sumido en el calor del mediodía o en el frío de la madrugada. Los cambios de temperatura son drásticos en las montañas, según la hora del día, o según qué tan abajo se esté en los cañones, cerca al río, qué tan arriba hacia el páramo. Según las corrientes de nubes que vuelan sin orden y llevan oleadas de aire frío o de aire caliente apisonado.

Lidia ve en las llamas de la estufa las sombras de otros hombres bajando por el río, buscando recodos donde el barro esté teñido de oro. Se meten al agua con bateas, hambrientos, raquíticos. Son casi pordioseros. Llevan un gallo vivo. Montan caballos enfermos. En la mente de Lidia se confunden enigmas, distancias. Ve la gran estatua acostada entre las llamas, la gente salir de sus casas, sin hablar. Ve a su abuelo servir el aguardiente que saca de las tinajas en su cantina triste, sin una sola botella exhibida y con los últimos borrachos de la noche sentados en el suelo, mirando hacia adentro, flotando en sus visiones.

Luego vuelve a ver la casa que ahora es suya; vuelve a ver el polvo, el barro cocido. Oye el viento, el hierro de la estufa. Los días se repiten. Da de comer a los conejos, limpia las jaulas. Hace bolas de zacate que arroja a la estufa. Barre el patio. Pasa la mano por las cerdas blandas de la escoba. El polvo vuelve a caer, invisible, sobre el patio. Se gastan las cerdas de la escoba. Barre todos los días, limpia las jaulas, alimenta a los conejos, los sacrifica. Vende la carne, vende las pieles por separado, le cobra al evangélico el arriendo de La Golondrina.

Los conejos son una nube en la resolana del patio. Recuerda los brazos de Jeremías como un vestido arrugado.

—Estás creciendo, Lidia. Debes poner orden a tu vida. Lo normal será que te cases, que busques hijos.

Las mujeres del pueblo le hablan con buena voluntad. Le regalan areticos, chucherías, sandalias, collares. Lidia mata conejos, curte pieles. Las baldosas absorben el sonido de la escoba que las barre. Mientras barre, vuelven los recuerdos.

—Abre la boca.

—Aaaaagh.

—Más.

—Aaaaaaaaaaaaaagh.

El viejo Jeremías le lee la salud en la lengua. Si la tiene verde, blancuzca, si está amarilla. Puede ver infecciones, bichos. Se anticipa por horas a los retortijones o a los ataques de tos de la niña. Le baja la fiebre con savia de helecho o con una infusión de flores rojas. Con un hongo le cura las infecciones del oído. Machaca raíces para los parásitos. Hace que la niña beba infusión de genciana hasta hacerla vomitar. Así la purga.

Lidia vomita, se lava la boca, va a buscar la lámpara. No le quita de encima los ojos a Jeremías. Jeremías le dice que en el río hay una poza profunda, donde nadan peces gordos y ciegos. Bigotudos. Se llaman bagres de río.

Con la escoba arrastra y amontona granitos de mugre, pelusa de conejo, hojas secas. Los recuerdos siguen llegando.

Lidia intenta sacarse una astilla que se ha clavado sacando rastrojo de las jaulas. La puerta de la casa está abierta y el viejo mira hacia afuera. Lidia también mira hacia afuera, luego se escarba el dedo hasta que logra desenterrarse la astilla. Las luces del pueblo bajo la lluvia son como velas que no se apagan. Se quedan así, Jeremías y Lidia, sentados uno al lado del otro sin decir nada.

Esos son los recuerdos que Lidia tiene de Jeremías. También ha inventado algunos. Qué más iba a hacer en ese pueblo separado del resto del mundo por una cordillera que se traga a los hombres y a las bestias que resbalan por sus desfiladeros. Pero por más que Lidia la repase y se la invente, el tiempo termina por cribar la imagen de su abuelo hasta borrarla. De tanto repetir sus oficios interminables, los recuerdos que tiene de Jeremías acaban por irse, y la dejan en paz, más silenciosa por dentro.

Lidia también tiene recuerdos de sí misma, en los que sólo está ella, sin Jeremías. No guarda esos recuerdos en ninguna parte, no los visita; andan sueltos, errantes por los cañones como pensamientos sin dueño. Igual pasa con los recuerdos que tenía en la cabeza el propio Jeremías, desatados porque él ya está muerto, el recuerdo del incendio, de tantas noches que pasó en La Carbonera adormecido por el calor de las vacas, de La Golondrina, de los hornos en la tierra donde cocía el bejuco, el humo entre los robles, el olor a hojas quemadas, la estatua blanca. El recuerdo del bejuco los días que estaba lleno a reventar de flores, porque rara vez florecía. Esos recuerdos ya no son de nadie. Están atrapados en las montañas donde silban con el viento, caen con las hojas, corren con el río.

15

Era un cementerio con pocas tumbas ocultas entre ramas de acacia. La valeriana crecía como maleza. Mucho más visible que el cementerio era el reguero de chozas, la bodega maderera en la que años después guardarían maquinaria y se instalaría el retén militar para albergar a soldados desastrados, olvidados por el ejército.

A ese cementerio escondido había llevado Lidia el guacal con el cuerpo curtido de Jeremías. Años después, justo al lado, en un túmulo sin cruz, enterraron a su ahijado. En un cartoncito que muy pronto lavó la lluvia alguien puso: PATAS DE MIRLO.

Nadie en el pueblo recordaba su verdadero nombre, el primero que le había puesto Lautara la cruel, su madre. Lidia dejó un ramito de violetas sobre el montículo de tierra, no como un gesto sentimental, sino para deshacerse de las últimas flores que Patas de Mirlo le había llevado.

—Siquiera se murió —comentaron en voz baja las mujeres del pueblo que habían ido a despedirlo—. Ya hasta los perros le tenían lástima de tanto verlo cargar ese trasto de hierro.

Se habían cuidado de decirlo, hasta que Lidia, sosegada y dueña de sus movimientos, no se hubiera alejado del cementerio loma abajo. La valeriana estaba en flor y el aire estaba saturado de su aroma acre. Entonces empezó el cuchicheo que se mezcló con un revoltijo de rezos, salmos y letanías para el descanso del alma. Al terminar, las mujeres se dieron la bendición y volvieron a sus casas, comadreando alegremente como si volvieran de un bautizo. A plena luz del día, una bandada de murciélagos llegó a revolotear sobre la tierra fresca de la tumba.

También llegó Heraquio. Llegó tarde al entierro improvisado. Durante el tiempo del sueño compartido por los hombres que habían frecuentado La Golondrina, Heraquio había desaparecido sin dar razón a nadie. Nadie se preocupó por buscarlo porque ni lo habían echado en falta. Sólo ahora que volvía a aparecer, avisado quién sabe cómo de la muerte de Patas de Mirlo, notaron en el pueblo que hacía varios años que no lo veían.

Llegó al cementerio sofocado, más gordo que antes, moviéndose con dificultad porque una enfermedad desconocida le había tullido las piernas y le costaba trabajo andar, doblar las rodillas. Ayudándose a levantar una pierna con las manos, Heraquio apisonó la tierra y dejó su odre regordete sobre el túmulo.

—Así sea aguardiente corriente. A ver si en la muerte coge valor, hermanito.

En los días que siguieron, nadie se atrevió a decirle nada a Lidia, ni para consolarla ni para que rindiera cuentas por el alma atormentada de Patas de Mirlo. Esa niña hermética y taciturna de ojos grandes que se había hecho adulta sin que nadie en Sanangó se diera cuenta, irradiaba una especie de paz sobrenatural que los asustaba.

16

La casa donde pasó toda su vida Patas de Mirlo se la había dejado su madre al morir y era la más fresca de Sanangó, a pesar de que hedía a carnaza igual que las demás. Estaba rodeada por jardines inaccesibles y materitas de lata llenas de violetas que Patas de Mirlo multiplicaba sacando pies que florecían rápidamente. En el centro de la casa había un patio con una alberca donde pelaba alverja, deshuesaba marranos y curtía las pieles de los conejos que le compraba a Lidia, porque a él no se le daban los conejos, no como a Lidia, que tenía buena mano para todo lo vivo, o eso decía él y era sólo un pretexto para ver a la niña. El patio estaba lleno de las moscas atraídas por el caldo viscoso y sanguinolento que dejaba la curtiembre y la preparación de embutidos.

Poco antes de morir, su madre le había dejado escrito con una letra pequeña, pulida, cuidada: *esta casa me la debes para siempre*. Patas de Mirlo siguió viviendo en la casa con la misma angustia que había sentido de niño, intentando no despertar el humor nebuloso de su madre. Aun después de muerta, Patas de Mirlo siguió adorando a esa mujer flaca y altísima que en vida se cubría el rostro con un pañuelo negro para evitar el hedor del pueblo y que pasaba los días encerrada con tranca en su cuarto. Lautara la cruel, le decían en el pueblo, porque su fama de ser una madre despiadada había llegado a todos los confines del Nauyaca.

A ella esa fama le importaba nada. Bebía las infusiones amargas que Jeremías le preparaba con raíces maceradas para aliviar sus dolores reumáticos. Y aunque el viejo le llevaba también el brebaje de bejuco para que lo bebiera, para que se curara no sólo del cuerpo sino de la amargura sin tregua de su alma, ella nunca quiso probarlo porque decía que esos eran remedios del diablo.

—Le va a hacer bien, comadre. Beba —le decía.

—Seguro me dan ganas de comer perro —respondía ella levantando la mano para detener en el aire el totumo que Jeremías le acercaba.

Lautara la cruel sólo salía de su cuarto para torturar a su hijo con alguna palabra. A pesar de eso, o por lo mismo, Patas de Mirlo la siguió adorando, aun muerta, con devoción y con espanto. Le pedía perdón por lo que hacía y lo que no había hecho. Lloraba estrujando entre sus manos el pañuelo negro que él guardaba bajo su almohada como un relicario. Sacaba su ropa, limpia y cuidadosamente doblada en el armario de cedro, la lavaba en el lavadero y la ponía a secar en los hilos de alambre que atravesaban el patio.

Al ver ondear al sol y al viento los calzones y los pantalones largos de hombre que usaba su madre, Patas de Mirlo alimentaba la ilusión de que seguía viva. A pesar de que lavaba y volvía a lavar su ropa limpia, de que la doblaba y la volvía a guardar en el armario, de que en las noches invocaba su imagen para saber cómo estaba y le pedía siempre a la Virgen que la protegiera, Patas de Mirlo sentía que estaría toda la vida en deuda con ella. Estaba convencido de que la crueldad de esa mujer y su silencio inexpugnable habían sido una forma de amor, el amor que él merecía.

Después de muerta, Patas de Mirlo sólo volvió a ver a su madre al beber el aguardiente de bejuco con Heraquio a orillas del Nauyaca. Una tarde borrascosa, mientras buscaban a Jeremías, Patas de Mirlo sintió una sed que lo quemaba. Lo rodearon visiones aterradoras, vino la sensación de vuelo, después el estupor y la muerte. Fue entonces cuando vio a Lautara la cruel que lo miraba con enfado junto a un caimo. Tenía medio rostro cubierto con el pañuelo negro y una falda hecha de hoja trenzada de palma que Patas de Mirlo jamás le había visto a su madre.

Lautara la cruel, que en vida siempre se mantuvo lejos del bejuco a pesar de la insistencia de Jeremías para que lo probara, se había transformado en una de las visiones del aguardiente envenenado. Algo le dijo a su hijo en medio de la marea ardiente del aguardiente alucinante, pero él, hundido en el fragor del río, en el bochorno espantoso de la tarde, no pudo escucharla, y las visiones de Heraquio, más fuertes y reales, terminaron por arrebatarle a Patas de Mirlo la aparición de su madre.

Fue para su bien. Nada bueno le hubiera dicho esa mujer acibarada.

El arrepentimiento era el estado natural de Patas de Mirlo. Por eso no había alegría en sus movimientos ni en su rostro, sino más bien tristeza o algo parecido. Era de llanto fácil, lloraba sólo con imaginar el sufrimiento de otros, y no se daba cuenta de que en el fondo estaba siempre llorando por él mismo. Como era de mal dormir, en las noches, al no poder conciliar el sueño, se pegaba a la oreja una pequeña radio de pilas, con el volumen muy bajo para no despertar a nadie en esa casa en la que ahora sólo él vivía. Se quedaba con los ojos abiertos en la oscuridad hasta la madrugada, oyendo baladas y noticias escabrosas del otro lado del mundo, suspirando y llorando por todo lo que no había vivido, atento al zumbido de las ondas cuando la señal de radio se perdía en las montañas desmesuradas en las que Sanangó estaba anclado.

Sí, Patas de Mirlo era de un natural triste, pero a diferencia de su madre, su carácter era diáfano. De día, sus ojos verdes insomnes andaban siempre viendo el suelo. A donde fueran los demás, él iba, dócil, circunspecto, amable. Hacía lo que le pidieran. Le pedían un favor, lo hacía. Le daban una orden, la cumplía. Asentía con los ojos inquietos. Era pulcro, iba siempre con las manos limpias.

Con sus dedos largos y delgados se ocupaba por igual de embutir la carne muerta entre las tripas de los marranos, de hacer longanizas y morcillas, de ayudar a Lidia con los conejos y a su padrino en La Golondrina. Arrancaba ramitos de violeta de las materas de su patio y le hacía a Lidia unas trenzas que eran la envidia de las demás niñas del pueblo.

¡Con qué devoción la peinaba!

Le separaba el pelo en mechones iguales y empezaba a tejerlo, le hablaba de canciones que había oído durante la noche, murmuraba cosas incomprensibles y sonreía con la cabeza ladeada, mareado por la timidez, por el roce del pelo de la niña entre sus manos. El talante atolondrado, soñador y zurumbático que tanto había exasperado a su madre se acentuaba siempre que estaba cerca de Lidia.

Muy pronto Lidia no dejó que la siguiera peinando, porque le fastidiaba esa murmuradera, esos cánticos que se repetían, agudos, monótonos, como si el mismo Patas de Mirlo se hubiera convertido en un radio. Ella sola se trenzaba entonces el pelo con sus dedos ágiles y en un parpadeo se hacía la misma trenza holgada que siguió haciéndose cuando el pelo se le puso blanco.

Jeremías miraba a Patas de Mirlo desde la mesa junto a la ventana o detrás del mostrador de La Golondrina. Sabía que alguien así no sobreviviría, ni en ese pueblo ni en ninguna parte más allá de las montañas del Nauyaca.

—Se lo comerán vivo.

Intentaba alimentar a su ahijado con el aguardiente de bejuco, para que las visiones lo fortalecieran, pero de sólo olerlo, el alcohol que desprendía el totumo lo mareaba y le hacía perder el sentido. Por razones que no eran suyas sino que hacían parte de la debilidad de su alma, Patas de Mirlo rechazaba el bejuco igual que lo había rechazado Lautara la cruel, su madre. Vino a probarlo por primera vez la noche en que Heraquio le había dado de beber de la reserva que tenía Jeremías, antes de que junto a los demás hombres del pueblo incendiara La Golondrina. Él sin quererlo, sin saberlo casi. Después lo había ido bebiendo por el camino del río buscando en vano al viejo con Heraquio. También sin querer, sin saberlo casi.

Pero antes de que todo eso ocurriera, de que Lidia creciera, de que el viejo se perdiera, de que La Golondrina se incendiara, Patas de Mirlo velaba la casa de su padrino con la misma fidelidad con que amaba a su madre muerta.

Si Lidia salía a llevar la carretilla cargada de pieles al depósito de Nardarán, Patas de Mirlo la seguía de cerca, unos pasos más atrás, porque a ella no le gustaba que le caminara al lado. Cuando llovía y se encharcaba el camino, Patas de Mirlo se adelantaba y buscaba piedras y tablas para que pisara la niña.

Nervioso y asustadizo como era, se envalentonaba si alguien molestaba a Lidia, o si algún borracho decía frente a ella alguna obscenidad o algo indecoroso que él no consideraba digno de sus oídos.

Si no había pieles para llevar al depósito de Nardarán, Patas de Mirlo llegaba igual a casa de Jeremías, apoyaba la frente en la ventana antes de llamar suavemente a la puerta con un ramito de violetas en las manos. Iba sólo para ver a Lidia, para preguntar si podía ayudar en algo. Después volvía a su casa leyendo en las alcantarillas de cobre la palabra mil veces escrita: Sanangó, Sanangó, Sanangó, como sellos puestos por Dios antes de olvidarse de ese pueblo. Pasaba por la panadería y le compraba a su madre unos pasteles de yuca que también después de muerta siguió dejando intactos.

Así que el tiempo interior de Patas de Mirlo se repartía entre los terrores que le seguía provocando su madre y la ansiedad por estar cerca de Lidia.

Muchas veces, atormentado por sus propios pesares, era incapaz de volver a su casa. Entonces alguna vecina lo encontraba dormido en uno de los terrenos baldíos de Nardarán, entre el pastizal amarillo por falta de sombra.

Daba tanta pena, que les provocaba llevarlo en brazos hasta su casa.

En uno de esos lotes vacíos lo encontró Heraquio, acurrucado, resguardado en su propio cuerpo, esta vez borracho por primera vez en su vida, al amanecer, después del incendio de La Golondrina y de haber probado el famoso bejuco encantado.

Así lo encontró Lidia, años después, muerto de agotamiento y de cansancio, entre las hojas cerradas de las dormideras.

17

Las lluvias ese año empiezan en febrero.

Sin golpear a la puerta, Patas de Mirlo entra a la casa con zancadas lentas. Lleva una carga de leña. Descarga la leña en la cocina y se sacude.

—Perdóneme por llegar tarde, Lidia. Me vine apenas escampó, para que no se mojara la leña.

—No le pedí leña.

Patas de Mirlo se disculpa de nuevo y ordena los leños junto a la estufa. Sale al patio y se empina para tocar las pieles colgadas de las vigas. Están secas. Le pregunta a Lidia si puede cepillarlas. Lo hará si ella quiere, si lo deja.

—Haga lo que quiera —le dice Lidia. Su voz es dura, seca. Como si tuviera muchos más años que él y él se hubiera convertido de nuevo en un niño.

Uno de los leños resbala de la pila recién dispuesta y hace sonar el hierro de la estufa. Los ojos de Lidia se encienden de un modo extraño y desde la cocina mira a Patas de Mirlo como si por primera vez se interesara en esa figura escuálida y desamparada que una y otra vez se aparece ante ella.

—Hay algo que podría hacer por mí.

Patas de Mirlo abre y cierra los párpados muy despacio. Siente confusión, asombro, alegría.

—Haré lo que sea, lo que me pida.

Lidia extiende su mano sobre una de las placas de hierro guardadas desde hace años detrás de la estufa.

—Había pensado venderle esta placa a Nardarán, llevársela al depósito. ¿Cuánto cree que me dé por ella?

—¿Por esa placa? Nada, Lidia. Ya sabe cómo es él.

—Igual quisiera que se la llevara. ¿Lo haría por mí?

Patas de Mirlo se encoge un poco, luego se incorpora, calcula con la mirada el peso de la placa. Alza el cuello para asentir y obedece.

De regreso del depósito de Nardarán, Patas de Mirlo suda terriblemente. Descarga la placa junto a la estufa, más bien la deja caer con un estruendo, siente que sus hombros levitan, que se le quieren desprender del cuerpo.

—Dice que no recibirá el hierro ni como chatarra. Pensé en dejarle la placa por nada, porque ya la bajada se me hizo dura, imagínese la cuesta de subida. Pero usted se hubiera enojado conmigo. Por eso la traje de vuelta.

—Mañana vuelva a intentarlo, Lautaro. El humor le cambia a Nardarán con los días. Quizá mañana pueda vendérsela.

En los ojos de Patas de Mirlo arde una súplica silenciosa. Lidia no vacila:

—Vuelva a la misma hora. Ahora puede irse. Yo cepillo las pieles.

Las lágrimas lo ciegan. Nunca le había hablado tanto. Le dirige la palabra por fin, después de tantos años en los que apenas si le soltaba unas palabras como se le arroja pan a un mendigo.

Y por eso vuelve al día siguiente. Avanza despacio, la placa sobre los hombros, con el cielo de fondo entre las casas. Un paso más, se dice a cada paso; sólo un paso, sólo dos, sólo uno. Cada paso es el fin del camino, piensa. Ve el depósito de Nardarán a lo lejos. Luego sube la placa de vuelta, con un esfuerzo descomunal pero sin el menor tropiezo. Lo mismo hará día tras día, hasta que le den las fuerzas.

Al cabo de una semana Patas de Mirlo está tan cansado que las cosas ya no se fijan a sus pupilas. El agua que bebe le sabe a hierro, y esa placa le pesa más que el sol y que la luna. Pero él sólo oye la voz de Lidia.

—De pronto si le lleva dos placas en vez de una —le dice un día.

—¡Eso deben ser más de cien kilos! —exclama desconsolado Patas de Mirlo—. A la carga que tengo, tendría que añadir otra más grande.

—No exagere.

Lidia no titubea, no deja de mirarlo a los ojos. Patas de Mirlo desfallece. Va a matarme, piensa.

—Hágalo por mí. Eso le pido. Por Jeremías —no hay rastro de ruego en la voz de Lidia. Sus ojos son óvalos vacíos. No hay en ellos odio, compasión, indiferencia. No hay nada en ellos—. Hágalo por mí —repite con hastío.

Callan. Por encima de sus respiraciones sólo se oye el golpeteo de la ventana mal ajustada, sacudida por los ventarrones que en la época seca levantan polvo y en los meses de lluvia, como ese febrero húmedo, disipan niebla. Entonces Patas de Mirlo dice con un rayo de esperanza:

—A ver si por las dos puede dar algo.

Sus ojos intentan seguir su propia voz que se pierde hacia abajo y es apenas un hilito que cae al suelo, lleno de emoción secreta.

Y ahora cada día son dos placas las que lleva. Vuelve extenuado a casa de Lidia que lo mira.

—Vaya a comer a su casa. Aquí no tengo que ofrecer.

—El jardín necesita una guadañada. Si quiere lo hago.

—Sólo ayúdeme a que Nardarán me compre el hierro.

—Me dijo que no lo iba a comprar.

—Un día va y cambia de parecer y puede que justo ese día usted no se aparezca. Por eso es bueno llevarle las placas todos los días.

Patas de Mirlo se da cuenta de lo mucho que ha crecido. Ya no es niña. Se siente orgulloso de ella, de su determinación y de su fuerza. En su interior el corazón le late. Mientras le quede vida puede ayudar a Lidia.

—Tiene razón. Un día va y cambia de parecer y nosotros no podemos saber cuándo va a ser eso. Así son las cosas de Dios. Se las voy a ofrecer sin falta todos los días —luego se queda pensando—. Puedo preguntarle sin tener que llevar el hierro. Si nos dice que sí entonces se lo llevo.

—Mala idea. Si se lo lleva ya habremos ganado terreno. Lo convencerá más fácil de que es hierro bueno.

Patas de Mirlo se rinde. Tiene que ser como Lidia dice.

Los días para Patas de Mirlo se hacen difíciles y en las noches sigue soñando con el peso que lleva. Pero se le ve más contento, como si llevara una estrella sobre los hombros. Ese hierro es su amor y su castigo. La forma de esperar un perdón lento que no llega.

El sentido implacable de penitencia que lo había acompañado desde niño se agudiza hasta el martirio. Incluso los martes, sin importar que sea el día que Nardarán cierra, Patas de Mirlo se echa sobre la espalda las dos placas de hierro. Llega hasta el depósito cerrado y sin descargar ni tomar aliento para aliviarse de su carga, vuelve a subir por la calle empinada, embriagado de fatiga y de la ilusión que le hace ver a Lidia. Verla frente a la estufa soplando las llamas.

—El precio del café y del maíz sube y baja, el de las pieles y el aguardiente limpio se mantiene. Pero este hierro no vale ni ha valido nada nunca —le dice Nardarán un día desde el escritorio en el que despacha sus asuntos en el depósito.

Nardarán sigue absorto en sus cuentas, en sus sueños de mandar a traer pavos ocelados y quetzales desde selvas lejanas. No lo conmueve ni un ápice ver a Patas de Mirlo sudoroso y desbarajustado en frente suyo.

Los pastos se han puesto tiernos, el fríjol está dando. Los días no son de calor ni de frío y de Sanangó suben al alto para celebrarlo. Es por ese entonces que la iglesia del pueblo empieza a desplomarse. Se trata de un derrumbe lento, casi imperceptible. A los pocos que van a misa les cae un polvillo blanco sobre los hombros, cascarones de muro, cal en pedacitos. Algunos hablan de construir una iglesia nueva en la que quepa la Virgen, de traer de vuelta la gran estatua de las montañas.

Sin enterarse de nada, Patas de Mirlo va de la casa del difunto Jeremías al depósito de Nardarán, baja la calle con ese peso, como si él también fuera una iglesia que cae lento. Vuelve a subir de vuelta. La cuesta es más empinada a medida que él va perdiendo fuerza, o son las placas que se hacen cada vez más pesadas, y el peso lo encorva, sobre todo el peso de ese amor desesperado que no puede extinguirse. También se doblan los árboles, las casas ceden bajo el peso de sus techos.

Después de un mes, está lívido. El esfuerzo le ha cambiado los rasgos. Los dolores de espalda le impiden dormir. El pulso le late lento. Sus ojos andan adormecidos, tristes. Se le puede ver el tormento a simple vista. Algunas vecinas le ofrecen agua de árnica para suavizar las contusiones del sacrificio.

Patas de Mirlo se niega.

Lo que ellas no pueden ver es la dicha interior que oculta ese cuerpecito maltrecho. Él no puede separar su sufrimiento del consuelo de existir por fin ante los ojos de Lidia. Vive contento de saber que lo que hace lo hace por ella.

Viene el frío de las noches de marzo. Patas de Mirlo se rasca los hombros ampollados, la cabeza caliente por la fiebre.

De la garganta de Lidia suben pequeños bostezos. Tampoco con su abuelo había hablado mucho, pero ella sabe que la vida es más que los árboles entreverados en el patio, más que el sonido de las ranas y la lluvia escurriendo entre los árboles. Más y también menos. En esas noches se le viene encima toda la soledad del campo, pero no sueña con nada. A lo lejos se oyen los mugidos de una vaca. Después el mugido se mezcla con el viento y más tarde ya no se oye nada.

Patas de Mirlo resiste unos días más, hasta que empiezan las lluvias de nuevo. Los pastos empapados destellan. Se va a ese lote baldío que tantas veces lo ha amparado. La maleza está blanda, la tierra fértil. Quiere sólo descansar un rato, dormir hasta que la oscuridad pase.

Patas de Mirlo.

Toda la vida un llorón, y cuando le llega la hora, no deja escapar ni una lágrima. Le ofrece a Lidia su último pensamiento. Al fin sus sufrimientos cesan, aunque ahora se dobla bajo otro estupor y otro peso.

Al amanecer, el suelo de la iglesia amanece cubierto de los cascajos de cal blanca. Parece que en una sola noche a la iglesia le hubieran pasado por encima años. Para derrumbarla, un soplo nomás habría bastado.

18

Como ya no se ve importunada por las visitas conti-
nuas de Patas de Mirlo, que llegaba a cualquier hora sin
avisar, con ramos de violetas, para luego hacer temblar la
casa con el estruendo del hierro que descargaba cada vez
que volvía del depósito de Nardarán, Lidia puede entre-
garse sin interrupciones a una premonición que ha ido
apoderándose de ella.

Se queda quieta y pensativa por ratos largos, absorta,
intentando recordar algo escondido en el fondo de sí misma. Eso que encuentra le dice que tiene que salir, buscar
el camino que va a La Carbonera.

Sube al alto por primera vez en todos los años que
lleva en el pueblo. Ve a la Virgen, no la impresiona. En su
imaginación era aún más radiante y colosal. Se orienta.
Busca el bosque de robles negros donde la penumbra en-
gaña al día. Jeremías nunca le mostró el bejuco, pero ella
es capaz de reconocerlo.

Lo demás se lo dijo.

Cómo cavar los huecos. Cómo llenarlos de leña, y no
de cualquiera, sino de pino hayuelo, el pino del bosque de
montaña que le da al bejuco el tiempo que necesita para
cocerse. Cómo cubrir esos entierros con una estera, ramas
y arena, mientras todo sigue ardiendo bajo la tierra. Le dice
cómo dejar que después se pudra el bejuco ya cocido, que
se pudra, que se deshaga y huela feo. Sin necesidad de calor,
el agua se pone caliente de veras, le dice. Roja como la tierra
que rueda hacia el Nauyaca. Echa burbujas, como la baba
de un perro enfermo. Luego esperas más. Luego destilas eso
para separar el puro espíritu del bejuco.

¿Entiendes?

Entiende. Y se lo guarda, sin saber, todos esos años que pasa curtiendo pieles, limpiando excrementos de conejos, dando de comer a los animales de otros y barriendo sin descanso la casa. El secreto del bejuco está a salvo en ella, y cuando lo necesita, recibe de nuevo todas las instrucciones del viejo, como si este acabara de salir del incendio de La Golondrina, ileso, con su cuerpo de cobre lustroso y refulgente.

Sin ningún temor de contradecir a los muertos, Lidia decide reemplazar el método del viejo por uno más sencillo. Cocinaría el bejuco en su propia casa, porque ella no estaba hecha para trajinar a diario por el monte, ni para estar cavando hornos en la tierra, y junto a la alberca de la curtiembre, llena de la mezcla gris verdosa de caca y alumbre, instala una tina para que el preparado se fermente y un alambique en la cocina para volverlo transparente.

Cuando en su casa se cumple por primera vez el ciclo de cocción, fermentado y destilado, siente que lleva una vida entera preparando el aguardiente. Entonces decide no trabajar más para otros ni seguir limpiando casas ajenas. Y no sólo eso: decide que tampoco trabajar para ella misma vale la pena. Le parece que bajo el mugrero de hojas, polvo y tierra que se acumula rápidamente, el piso sigue limpio y seguirá así siempre.

Guarda para ella el aguardiente que empieza a fabricar. No lo vende.

Los primeros sorbos le regalan a Lidia la lucidez suficiente para ver que Jeremías no murió en el páramo, como le habían hecho creer los hombres arrepentidos que le entregaron el cuerpo socarrado de su abuelo. Si tenía ese extraño color de cobre, si estaba arrugado y tirante, no fue porque los oficios de la curtiembre le hubieran servido al cadáver como reemplazo de los ritos de la muerte, sino porque en realidad había muerto en el incendio de La Golondrina, bajo el techo desplomado y entre el calor de las

96

brasas. Igual que su bejuco, Jeremías se había cocinado a fuego lento, y ahí se habría desintegrado del todo, de no ser porque un día escarbaron los escombros creyendo que un perro de monte se había quedado atrapado en ellos y era el responsable del hedor que en la calle de los Depósitos se había sobrepuesto al de la curtiembre. Entonces se valieron de las artes de curtir pieles para componer un poco al muerto. Antes de entregárselo a su nieta, lo lavaron, lo secaron, igual que hacían con el cuero de conejo.

Así que había sido el alma de Jeremías la que se había quedado errando y la que habían estado persiguiendo Heraquio y Patas de Mirlo, ingenuos, de buena fe, creyendo que buscaban a un vivo, sólo porque a nadie en el pueblo se le había ocurrido buscar al viejo ahí nomás, a pocos metros de su casa, bajo el techo derrumbado de La Golondrina. El rumor de que Jeremías se había ido al río se había regado de forma rápida, imparable, como se riega el agua una vez se ha roto el cántaro. Heraquio y Patas de Mirlo, extraviados ellos también en las lindes que separan la vida de la muerte, habían estado siguiendo el rastro de un fantasma. Por eso es que iba tan rápido y siempre les llevaba ventaja.

La revelación no sorprende a Lidia ni aviva en ella el deseo de una nueva venganza. Como toda revelación verdadera, no es sino el descubrimiento de algo que ella ya tenía adentro. Tampoco la entristece, al contrario: estalla en una carcajada y por primera vez se compadece de Patas de Mirlo.

—¡Pobrecito! —exclama—. Si hubiera buscado a Jeremías en el andén de enfrente, se habría ahorrado muchos días de camino y el cansancio de ese viaje.

No se atormenta tampoco con la idea de que hubiera sido más merecida para su abuelo una muerte en el páramo, bajo las águilas y los gallinazos, hundido entre las puyas y la marea de frailejones. Más merecido que morir desollado por el fuego.

Lo que cuenta es la muerte del alma, piensa.

La muerte volátil en la que le habían hecho creer los hombres del pueblo y que ella misma había entrevisto en las noches de soledad con el ojo infalible de su corazón, esa había sido y seguiría siendo la muerte real de Jeremías.

Pero si el viejo estaba sepultado bajo el techo de La Golondrina, ¿quién entró esa noche a su casa a llevarse tres conejos de las jaulas? Lidia vuelve a oír el golpe de la puerta de la calle, los pasos en el patio, el crujido débil de los barrotes de alambre. Bebe un poco más. Se concentra en las visiones. Se pierde en unos cuartos oscuros, ella misma abriendo y cerrando puertas. Ve colores, destellos. Las visiones se disipan, Lidia olvida lo que está buscando.

Empieza a preparar su brebaje alucinante regularmente.

Igual que Jeremías, Lidia bebe cada vez que le da la gana. Jamás le dice a nadie lo que el bejuco le va mostrando. Sabe que cualquier secreto revelado debilita inmediatamente su relación con lo oculto. Como todo lo que el aguardiente embravecido le va haciendo ver y le va diciendo, ella se lo guarda y después lo olvida, sin ningún alboroto ni aspaviento.

Renuncia a la costumbre tan vana como vieja de clasificar el tiempo en bueno y malo, los acontecimientos en prósperos y adversos. Se deshace de la idea de que hay algo más aparte de las calles empinadas de ese pueblo, de las montañas azules con árboles que escurren lluvia y beben sol, de las nubes transparentes de insectos y las mariposas que no pesan ni un gramo y le salen al paso cuando sube al alto por la loma del cementerio.

No le importa si no entiende la jeringonza de los espíritus, que al final es la misma que hablan los vivos, y apenas si es capaz de retener las noticias que le llegan del pueblo, aunque la divierten, como la noticia de Sara Mojonales, la evangélica recién llegada que se enfurece al descubrir que la gente en Sanangó le pone crucifijos a los perros para proteger por igual con la cruz de Cristo a los humanos y a las bestias.

Esther

19

Esther había llegado a Sanangó atraída por la historia de la estatua gigantesca que se había salvado del incendio de 1887, y que después de haber sido incrustada en el alto del Nudo, había desaparecido misteriosamente. Escribiría una crónica sobre esa estatua. Ya tenía en mente las primeras palabras: «Una Virgen blanca se elevaba por encima de las montañas como si volara».

Así era Esther, soñaba los lugares con las palabras antes de conocerlos. Y cuando los conocía, seguía soñando. Cara menuda. Ojos separados. Pelo delgado recogido. Así se veía en los espejos de las casas maltrechas, chozas y cobertizos que le daban albergue en sus viajes a pie por tierras a las que no llegaba casi nadie.

En Sanangó había oído todo tipo de cosas sobre la gran Virgen blanca de las montañas. Que la habían visto despeñarse desde el alto del Nudo, que la habían visto bajar negra por el humo, amarrada al lomo de tres mulas. Muchos decían que la habían visto andar por las sendas que bordean el río, o subir al páramo, o bajar del alto por su cuenta.

Decían que la Virgen tenía tres cuerpos. Uno que todos podían ver, otro que nadie veía y otro que sólo veían los que estaban en estado de gracia. Que la Virgen se movía por las montañas valiéndose de sus tres cuerpos y se le metía a la gente en los sueños. Que con su cuerpo más sutil sobrevolaba el río y se confundía con las aguas del Nauyaca. Que escoltaba sin ser vista a la gente que subía y bajaba por los caminos. Eso decían algunos, como si la Virgen fuera un espíritu, un demonio que podía estar en todas partes.

Otros decían que los mineros habían escondido dentro de la estatua el oro que habían saqueado de la región escarpada. Como si fueran reencarnaciones de las gentes del oro que más de un siglo atrás habían renunciado a arrancarle los granos del metal precioso al Nauyaca, muchos mineros habían llegado a los cañones sin permiso, cegados más por la pobreza que por la ambición, y lograron con máquinas destartaladas y ruidosas lo que los otros no habían conseguido con los hechizos de los indios. Se decía entonces que ese oro lo habían camuflado en la estatua de la Virgen que se había ido de las montañas pesando más de cinco toneladas.

A Esther esta posibilidad le parecía tan descabellada como las demás y había decidido recorrer los cañones para separar la caña de la patraña, como resumió Lidia el motivo del viaje cuando Esther se lo contó la tarde calurosa en que había llegado al pueblo y había dado con la casa de la anciana.

Lo cierto es que la iglesia grande de Sanangó se había quedado sin su Virgen. Habían terminado de construirla para albergar la estatua. La vieja iglesia no era entonces más que un cascajo vacío atravesado por haces de luz dorada y ya no quedaba adentro ni un solo santo, ni un crucifijo ni una banca, porque toda la madera se había convertido en un nido de termitas y alacranes.

La construcción de la nueva iglesia duró cincuenta y siete años, el tiempo que le tomó a Lidia convertirse en una anciana con una trenza blanca que destejía y volvía a tejer en las mañanas.

Las tumbas de Jeremías y Patas de Mirlo se habían confundido en una sola, y sobre ella había crecido un carbonero que les daba sombra, del mismo azul pálido de la montaña. Lidia jamás los visitaba. Creía que bastaba con verlos a veces en sueños y con dejarles la puerta abierta en la Noche de las Lumbres, en la que la gente de las veredas y del pueblo llenaba de velas los caminos para que no se

perdieran las almas de los muertos que andaban por ahí
trasegadas, buscando posar en las casas de los vivos. Les
dejaba la puerta abierta, pero nunca los llamaba ofrecién-
doles comida, como jamás le había ofrecido comida a Patas de Mirlo en vida.

Lidia se había acostumbrado tanto a la soledad que
la había visto crecer y envejecer, que hasta los muertos le
parecían un estorbo. Era inmune a la nostalgia, porque
había visto que no servía para nada, y la culpa le era completamente extraña. Patas de Mirlo se había buscado su
destino, como cada quien se busca el suyo, pensaba, por
medroso y obediente, por nunca haber sido capaz de salir
de las faldas de su madre. El aguardiente de bejuco que
bebía cada noche le había hecho ver con claridad a Lidia
que nadie podía haberle impuesto al hijo de Lautara la
cruel un sufrimiento al que él mismo no hubiera estado
destinado.

La anciana salía poco de su casa. Del pueblo sólo salía
para cosechar el bejuco que crecía en el bosque intermi-
nable que Jeremías había recorrido tantas veces de niño,
luego de viejo, casi ciego por las cataratas, guiándose por
el mismo bejuco que bebía y lo orientaba. A diferencia
de Jeremías, Lidia cocinaba el bejuco con un método tan
sencillo que lo habría aterrorizado: en la estufa de hierro,
en una simple cazuela de cocina, junto a la olla del arroz y
la paila de los plátanos. Lo dejaba fermentar en la tina de
madera que tenía en el patio y que había terminado por
reemplazar definitivamente la tinaja donde en otros tiempos dejaba en remojo las pieles para la curtiembre.

Cerca de la estufa había instalado un alambique transparente, tan sencillo que parecía un milagro. Fabricaba el
aguardiente en pequeñas cantidades y lo regalaba discre-
tamente a quien lo necesitara, sin cobrar nunca un peso,
a forasteros que venían de lugares apartados de las montañas, afligidos por males que cargaban en el alma aún antes
de haber nacido, o por malas culpas que habían ido acu-

mulando en esta vida. Se lo ofrecía con gusto a Cotrino Serrador, un curandero de las veredas que se beneficiaba de los poderes visionarios del bejuco y los usaba para curar a las gentes y animales que vivían cerca al río. Lidia jamás exaltaba las propiedades mágicas y curativas de su bebida.

—Tómese un traguito de esto, por si acaso —se limitaba a decir.

Aplacaba los ánimos de los jovencitos venidos de fuera de las montañas y de expertos alucinadores que llegaban del mundo entero a buscar el aguardiente de Lidia y hablaban con fervor sobrecogido de «el remedio», como lo llamaban.

—No es para tanto, sigan haciendo lo suyo mientras él trabaja —les decía Lidia—. Sólo es un jugo amargo que mata lo que no sirve.

No les hacía ningún caso a los que insistían en tratarla con reverencia, como a una curandera, a una bruja o a una santa.

Pero en cambio, Sara la evangélica se retorcía de envidia y amenazaba con dejar para siempre ese pueblo pelado y perdulario, abandonarlo a su suerte, para que se entregara de nuevo al culto pagano a la Virgen, que era peor que el culto al becerro dorado. Así, Dios mismo sería el encargado de castigarlos y convertiría en polvo y escombros ese pueblo endemoniado sobre el que ya había caído una vez su mano, porque lo había incendiado, o lo había incendiado un brujo, esa Gomorra en donde se bebían plantas ponzoñosas y se profanaba la cruz de Cristo colgándola del cuello de los perros, y las vacas se emborrachaban y celebraban vacanales con el diablo.

—Bacanales es con be larga —se atrevió a interrumpirla el tesorero de las Huestes, arrancándola de su inspiración locuaz. La mujer se había informado de la historia del pueblo, hay que decirlo.

El joven tesorero era un muchacho lánguido que usaba gafas de montura dorada y al que le crecía un boso incipiente que le oscurecía el labio. Tenía el valor de corregir a Sara la evangélica con mucha discreción y suavidad, nomás si estaban solos y jamás frente a los fieles, para no desautorizarla.

Al final, Sara Mojonales había tenido que hacerse la de la vista gorda con los forasteros andariegos que acudían a Lidia, porque no iba a dejar el pueblo en el que había consolidado una fortuna y una fama respetable. Y sobre todo, porque la anciana le daba miedo.

—Con esos ojos de diabla, capaz que me envenena —decía.

Muy capaz sí era, pero a Lidia no le interesaba hacerle ese favor a la evangélica.

Reuniendo todo su coraje, Sara Mojonales había ido un día a ver a Lidia. Le habló desde la calle, por la ventana de la cocina, convencida de que la dulzura era más efectiva que la amenaza, y resignada a sacrificar su orgullo para dar a todo el pueblo un ejemplo de virtud cristiana.

—Deja ese veneno maligno, Lidia. Es cosa de brujería. Rifa tus conejos. En la iglesia podemos ayudarte. Dios no castiga al pecador que se arrepiente. Hará una fiesta en tu nombre.

—Deja de decirle a Dios lo que tiene que hacer, Sara Mojonales —fue la respuesta despreocupada de la anciana.

Pero Sara no era una mujer que cambiara fácilmente de parecer. Era obstinada, enérgica, y había decidido que iría hasta el final con tal de convencer a esa anciana díscola. Esa oveja descarriada, le había dicho al tesorero, será mía.

—Como señal de buena voluntad te he traído esta Biblia de regalo. Es mi Biblia —Sara Mojonales alzó la voz para enfatizar el posesivo—. La Biblia con la que yo he crecido y con la que he recorrido los campos del Señor. Porque estas montañas, tan duras y agrestes, son también, querida Lidia, querida hermana, los campos del Señor.

—Del señor Nardarán, será —respondió Lidia sin siquiera molestarse en acercarse a la ventana por la que apareció la mano temblorosa de Sara Mojonales con una

Biblia encuadernada en piel de conejo—. ¿Por qué no se toma más bien usted un traguito, doña Sara? Eso sí que le convendría.

Si hubo algo capaz de vencer a Sara Mojonales, fue la despreocupación y el buen humor de la anciana. Así que se fue a su casa y estuvo el resto del día postrada en la cama, pidiéndole a Dios que la perdonara porque había demonios contra los que ella no podía hacer nada.

Así fue que Lidia siguió tranquilamente cosechando el bejuco en el mismo canasto trenzado que había usado Jeremías, cocinándolo en la cocina de su casa y dejando que a sus propiedades mágicas se mezclaran los poderes embriagantes del alcohol que el mismo bejuco producía. Todo eso a pocas cuadras de la Iglesia de las Huestes del Cielo donde se rendía culto al único Dios verdadero y a su hijo.

Además de preparar el aguardiente de bejuco, Lidia siguió alimentando y criando los conejos que ese Dios quisiera darle, pero ya no los mataba para curtir pieles, porque el negocio de las pieles se había acabado, ni para comérselos, porque rara vez le daba hambre. Los conejos morían entonces de viejos en el patio, entre los molinillos blancos de los dientes de león que giraban con el viento.

Nardarán, que gozó de la misma longevidad sobrenatural de la que había gozado Zacarías Zambrano, en contra de lo que todo Sanangó había esperado, y en contra de su propio hijo que se opuso encarnizadamente a la conquista de la evangélica, había colaborado con Sara Mojonales. Le daba jugosas limosnas, aunque a la evangélica no le gustaba que llamaran así a las sumas exorbitantes que exigía de sus fieles.

Nardarán la ayudaba porque estaba convencido de que la misión evangélica sí tenía poderes para apurar la venida del Reino, como prometía, y porque en su vejez y en su aislamiento confundía el Reino con un lugar lleno de animales exóticos, de flamencos rosados, tucanes y micos, de libélulas gigantes con alas azules y doradas. Todos los animales del Reino eran inmortales, ahí no estaban sujetos a las pestes, ni a las crecidas del río, ni a los venenos del diablo.

Esa era también la idea que se había formado del jardín del Edén: un jardín para sus pavos reales, lleno de vacas que acompañarían a Ensoñación, de mariposas coloridas y retozonas, tortugas verdes milenarias y estanques de lucios y otros peces que jamás nadie había visto. En su confusa formación religiosa, imaginaba que el Reino que estaba cerca era nada menos que el pueblo, el mismísimo Sanangó devorado por la luz de las montañas, pero con los techos y los árboles llenos a reventar de pavos reales que desplegaban sus plumas lanceoladas sobre los ojos mortales.

Quién iba a arrancarlo de su creencia.

Fue así como Nardarán dilapidó casi toda su fortuna pagando diezmos. Pero cuando la vaca Ensoñación murió de un ataque de epilepsia, atragantada por su hermosa lengua larga y rosada sin que ni siquiera Cotrino Serrador pudiera salvarla, el viejo Nardarán se desentendió de las promesas de las Huestes del Cielo y dejó de llenar las arcas de Sara Mojonales. Hizo que enterraran a su vaca en el cementerio, bajo las acacias, sin importarle que la evangélica lo acusara fieramente de hereje y lo expulsara anticipadamente y para siempre del Reino que llegaba.

Nardarán le dio a Ensoñación el entierro más bello que jamás se hubiera visto en las montañas, con luces de bengala que ardieron a plena luz del día entre las acacias florecidas.

—Espérame en la tierra —dijo con solemnidad frente a la tumba de su vaca antes de deshacerse en un llanto amoroso.

Y como si no quisiera hacerla esperar, Nardarán dejó de existir para la luz del día, cerró para siempre su depósito y se dedicó a convertirse en una sombra y a morir para un mundo en el que los humanos vivían más tiempo que los animales.

El pueblo se olvidó de Nardarán como se había olvidado de Zacarías Zambrano, de Jeremías y de su aguardiente encantado. Sólo los advenedizos que llegaban al pueblo desde lugares remotos bebían ahora el bejuco que Lidia había resucitado.

La Golondrina, que Patas de Mirlo había reconstruido por cuenta propia antes de que Lidia lo pusiera a penar de arriba abajo llevando a cuestas esas placas de hierro macizo, estaba ahora ocupada por un evangélico que había llegado a Sanangó mucho antes que Sara Mojonales y de las Huestes del Cielo. Cuando años después llegó la misión a cargo de Mojonales, el evangélico reconoció a los suyos, como le habría pasado al pavo real de Nardarán, tanto tiempo separado de sus congéneres en un patio vacío.

El evangélico no sólo no vendía siquiera aguardiente limpio, desbravado, como le decían al aguardiente corriente que no había sido tocado por el veneno del bejuco, sino que se limitaba a vender galleticas y limonada.

—Allá ellos. Esa gente nace boba —decía Lidia—. Lo importante es que me paguen el arriendo puntuales.

Por suerte, toda la generación de hombres que había bebido con Jeremías ya había muerto. Ninguno habría soportado ver La Golondrina convertida en un salón para tomar el algo. «La nada», como le decía Lidia. Con trabajo habían llegado hasta los límites de una vida triste y sin visiones, y se habían ido por fin, ensanchando las lindes del cementerio mucho más allá del bosque de acacias y los matorrales de valeriana.

De la gente del pueblo, sólo Heraquio siguió bebiendo el aguardiente de Lidia. Le parecía igual de bueno o mejor que el de Jeremías. Con los bigotes manchados por el tabaco y la frente sudorosa y replegada, Heraquio se asomaba a la ventana de la cocina y Lidia le entregaba un cuartito del destilado amargo que hasta lo fue curando de la enfermedad misteriosa que le había entumecido las piernas, aunque otra vez sanas ya no habrían de servirle de mucho, porque de tanto ir y venir al mundo de las visiones, un día ya no pudo regresar y se quedó allá para siempre. Así fue que un miércoles en la mañana, a la altura de San Lorenzo, encontraron flotando en el río su cuerpo de buey enorme. Aún le brillaban los ojos por todo lo que había visto.

Lidia se ofreció para cederle al cuerpo hinchado de Heraquio un pedacito del terruño donde estaban enterrados Jeremías y Patas de Mirlo, de tal manera que Jeremías quedó como un Cristo, con sus dos perseguidores durmiendo a sus costados el sueño plácido de los muertos.

Además de la valeriana que crecía en todo el cementerio, la tumba se llenó de espigas de espliego y de unas flores rojas olorosas que nadie había visto nunca en el pueblo ni en las veredas que bordeaban el Nauyaca. Hacía sol después de las lluvias y ese trozo de tierra convertido en una tumba triple despedía un perfume tan intenso que hasta las abejas y los abejorros se mareaban y evitaban acercarse.

Lidia vivió su vida, llena de silencio interior, en una alegría aún más viva y malévola que la de su abuelo, pero igual de incomprensible para el resto de los habitantes de Sanangó. Adulta cuando era niña, vieja cuando era adulta, y ahora vieja otra vez niña, no dejaba asomar ni el más pequeño rastro de bondad o de amargura en sus ojos encendidos.

Sólo conoció la inquietud que perturba el ánimo siendo niña, la noche en que los hombres del pueblo incendiaron La Golondrina y obligaron a su abuelo dizque a desterrarse, aunque en realidad lo sepultaron vivo, como le había revelado el bejuco. Esa inquietud desapareció sin dejar rastro al consumarse su venganza sobre Patas de Mirlo.

A Lidia le ocurrió lo mismo que a Nardarán cuando la venganza por su vaca sepultada entre el barro había recaído sobre Jeremías. La venganza los había purificado. Patas de Mirlo soportó en cambio durante toda su vida las punzadas de un remordimiento sin origen ni causa que acabó por llevárselo.

Desde entonces Lidia disfrutaba de una paz perfecta y sigilosa.

Observaba el mundo con sus ojos negros de pájaro, y era como si las flores rojas del cementerio crecieran en ella, junto a las oleadas aromáticas de valeriana y espliego que bajaban del cerro en las tardes cálidas.

20

En los matorrales tupidos del monte, llenos de culebras, topos y armadillos azabache, los descendientes de los conejos de las antiguas curtiembres se habían vuelto de nuevo conejos salvajes. También por las veredas se veían a veces pavos reales, y nadie sabía de dónde venían, cómo habían llegado a los cañones, y algunos decían que eran los pavos de Nardarán libres de cólera y resucitados. En todo caso, Esther creyó que alucinaba cuando vio el primer pavo real sacudirse las plumas una mañana a orillas del Nauyaca.

Igual que los días anteriores, el torrente del río la había atraído temprano y ella disfrutaba somnolienta el aire húmedo de comienzo de la mañana. El agua corría como imantada entre paredes de piedra. Las orillas rastrillaban su caudal de piedrecitas.

Sobre una piedra, junto al pavo real que se asoleaba, Esther vio una fila de cangrejos blancos, inmaculados. Recordó los ojos grandes de Lidia, su figura encorvada observando con curiosidad divertida las cosas que Esther había reempacado en el morral: el mosquitero, tres platos de plástico, la linterna, una cuchara, su cantimplora forrada, la parrilla de aluminio con agujeros que dejaban que las cosas se quemaran, el poncho azul impermeable, bolsas de comida, latas de garbanzos, su tazón de peltre, un potecito de miel y su navaja diminuta con mango de nácar.

—¿Y a todas partes vas con este reguero? —preguntó la anciana.

Y eso que había empacado ligero. Esther sabía que podía contar con la hospitalidad de los campesinos, por eso su equipaje se reducía a lo esencial y era cinco veces más liviano en comparación al que había tenido que cargar en otros recorridos por lugares despoblados y desiertos.

Al despedirse días atrás, Lidia le había entregado unas tortas de maíz y plátano envueltas en un trapo limpio y una botella grande de su famoso aguardiente de bejuco. No estaría mal para las noches frías.

—No es cierto que te vuelva ciega, al contrario —le había dicho Lidia—. Pero ten cuidado porque es fuerte. Te alcanzará de sobra para todo el viaje.

Algo había merecido Esther a los ojos de la anciana, algún mérito había ganado, o había dado algún indicio de que necesitaba del bejuco. A lo mejor Lidia le había dado el aguardiente sin razón, con perfecta libertad, como hacía todo, porque se le daba la gana.

Esther le dio las gracias. Guardó el aguardiente en el morral y sintió el calor de las tortas de plátano en las manos. Estaban recién hechas.

—Te alimentarán bien. Junto al pescado que te den las gentes del río. Come un poco mejor que estás bien flaca.

Se abrazaron. El cuerpo pequeño de Lidia se perdió entre los brazos de Esther. Las estrellas de la madrugada no se habían borrado. Esther volvió a darle las gracias.

—Deja de agradecerme. Es de mala suerte.

Desde la muerte de su abuelo, Lidia no había permitido que ningún ser humano se le arrimara tanto. Apenas si había roto el silencio en el que vivía, cruzando un par de palabras con los vecinos y con los visitantes que llegaban a Sanangó por su aguardiente desde lugares lejanos. Esa anciana taciturna, rodeada para los demás de un cerco de misterio inquebrantable, había sido para Esther una anfitriona cálida, risueña, parca siempre con las palabras, pero sin ser hosca ni intratable, como muchas veces había sido su abuelo.

Lidia le servía comida sin sal, como la había preparado y comido desde que era una niña. Plátanos. Alguna vez pescado. Después de comer, las dos mujeres tomaban café junto a la ventana que daba a La Golondrina, entre los conejos que entraban dando saltitos a la cocina para buscar el calor de la estufa. En las noches, Esther veía que Lidia se servía un vasito de una tinaja.

—Dicen que el aguardientico casero te puede dejar ciega —le decía burlona—. Mejor no te arriesgas.

Los ojos chisporroteantes de Lidia parecían todo menos ciegos. La luz hormigueaba en ellos, como en dos espejos hechos del resplandor del fuego. Hacía chistes flojos de los que se reía con tantas ganas que siempre contagiaba a Esther, de tal modo que las conversaciones de las dos mujeres terminaban siendo largas carcajadas compartidas en medio del calor tibio y nocturno de la cocina. A veces le contaba historias tan bien inventadas que nadie hubiera podido decir al oírlas que no eran ciertas.

Otras veces se quedaba en silencio con los ojos cerrados. Entonces parecía que la resolana blanca del patio, los rayos del sol y las estrellas, el murmullo de las llamas en la estufa, el espacio luminoso sobre los techos de Sanangó y en la calle, toda la luz del aire, corría a resguardarse en el cráneo de la anciana.

Después de pasar unos días en casa de Lidia, haciendo averiguaciones en el pueblo, Esther se había puesto en camino hacia el río y los cañones.

Al amanecer, las casas se asentaban en silencio sobre la cuesta empedrada y las luces del jeep empujaban la bruma por la calle de los Depósitos. El hombre que conducía y la llevaría hasta el alto del Nudo parecía hundir los ojos en la profundidad del camino, como si fuera capaz de distinguir formas huidizas entre los velos sobrepuestos de niebla. La piel de sus brazos era suave a simple vista, aunque el hombre ya debía tener sus años.

En el retén militar, después de pasar el cementerio, vieron a un soldado dormido en una banca, con la boca abierta y una lagartija amarilla en la bota.

—No saben ni dormir esos chupados.

Así llamaba la gente de Sanangó a los soldados que aparecían de vez en cuando rondando las calles del pueblo. Bajaban hambreados del retén a mendigar comida a cambio de mandados. Algunos habían probado el aguardiente de Lidia, y entonces volvían al pueblo, buscaban a la anciana para que las visiones del bejuco aliviaran la soledad de las noches que pasaban de guardia.

El ruido del motor no despertó al soldado y siguieron de largo. Entre las curvas del camino, Esther podía ver los techos del pueblo, elevados por encima de las casas, bajo el sol blanco que se asomaba. Luego desaparecieron los postes de la luz, las chozas vacías se espaciaron, y ya no se cruzaron con nadie hasta llegar al alto del Nudo, el punto último al que llegaban los carros y las chivas y empezaba el descenso a pie o en mula por los cañones.

Llegar a El Ciprés le tomaría todo el día caminando.

En el alto había buscado en vano los rastros de algún nicho donde hubiera podido estar la estatua. El hombre del jeep se había bajado a estirar las piernas y Esther le preguntó, como ya había preguntado a muchos en el pueblo:

—Una estatua gigante que dicen que había. Una Virgen.

Él la miró con los ojos desorbitados y le sonrió mostrando los dientes separados que tenía. Cerró los ojos en un guiño y sostuvo la sonrisa. En lugar de responder, señaló levantando la cabeza hacia los peñascos:

—Claro, limpio.

Esther pensó que se refería al cielo, azul y vacío.

La respiración del hombre era débil, imperceptible, sus movimientos lentos. Hacía un movimiento extraño con los ojos y parpadeaba en exceso, con un aire levemente enloquecido, pero amable al mismo tiempo, plácido, inofensivo. Esther le ofreció una torta de plátano que él empezó a masticar en silencio.

—En las veredas verá muchas Virgencitas —le dijo el hombre por fin—. La gente les mantiene lámparas de

114

aceite encendidas, les deja aguardiente, arroz, mandarinas. En cada cruce, en cada puente, verá usted un altar con una Virgencita.

—También traje de ese aguardiente que prepara Lidia —dijo Esther.

El hombre sonrío de nuevo y negó moviendo las manos.

—El aguardiente de Lidia es otra cosa. Prohibido por doña Sara. No es sino que lo oiga mentar para que empiece a despotricar contra las cosas del diablo. Aunque dicen que ningún destilado alivia tanto y que su borrachera es un remedio para muchos males.

Terminó de comer la torta y se sacudió las manos, también como dejando en claro que se desentendía de lo que acababa de decir, que él nunca había probado el bejuco y sólo repetía habladurías.

—Al bajar, fíjese bien en dónde pisa —había hospitalidad pura en sus ojos salidos, en sus dientes torcidos, en todo su rostro—. Me dijeron que habían puesto trampas para un puma que anda suelto devorando los terneros.

Ese había sido el inicio de su viaje.

Ahora los ojos de Esther se deslizaban sobre el río. Le dio por probar el aguardiente que llevaba en el morral. Tenía un sabor extraño. Amargo, como zumo de raíces. Se echó otro traguito y no sintió nada. Sabe a agua de bija, pensó. El pavo real barría las piedras con su cola, sacudía las plumas como electrizado y llenaba el aire de un murmullo.

—Menos mal que ya estabas ahí antes de que bebiera —le dijo al animal—. Si no, habría creído que eres una visión del preparado de Lidia.

En su recorrido, Esther había visto los altares llenos de fruta y lamparitas ardiendo en las sendas estrechas que bordeaban el río. También esos nichos con estatuillas lisas, poco pulidas, sin detalles, parecían de lejos alucinaciones.

Bebió un poco más. Se sintió leve. Observó el movimiento continuo del agua, los pájaros pequeños, las libé-

115

lulas que cruzaban el río. A veces se paraban a descansar en las gibas de las piedras grandes. Son como yo, pensó Esther sin motivo. El agua corría sin descanso entre los árboles.

21

A la Virgen se la había comido el monte. Si nunca había existido, tanto peor para la estatua. Esther podía escribir sobre Sanangó, sobre el incendio, sobre el antiguo criadero de lucios y de pavos reales que habían sido de un tal Nardarán hasta que se le murieron los animales, o sobre las antiguas curtiembres de pieles de conejo que habían prohibido porque el hedor se estaba comiendo vivo al pueblo.

Escribiría la triste historia de Patas de Mirlo que Lidia le había contado una noche bajo los efectos del aguardiente alucinante. Escribiría sobre algún habitante excéntrico, que había muchos, porque la gente que vive en lugares apartados termina siempre por chiflarse; sobre Cotrino Serrador, un tipo enigmático, brujo y curandero, con el que aún no se había cruzado y que al parecer vivía recorriendo los cañones a caballo; o sobre ese arriero gordo y viejo que se había ahogado en el Nauyaca, acosado por las visiones del brebaje de Lidia.

Podía escribir también sobre Sara Mojonales, la evangélica que había llegado a predicar al mando de un grupo de desquiciados que se hacían llamar las Huestes del Cielo y vestían todos de algodón blanco. Al principio la gente del pueblo creyó que se trataba de un grupo musical. Pero poco a poco, con su aire inofensivo, Sara se adueñó de la iglesia grande, recién construida, arrebatándosela a la diócesis casi inexistente de Sanangó, para convertirla en un salón comunal desangelado donde, aparte de unos cánticos monótonos que más parecían zumbidos, jamás se oyó a nadie interpretar música alguna. La evangélica demostró tener una gran energía y una oratoria portentosa. Se las arregló para que todo el mundo en el pueblo le hiciera caso y le pagara diezmos sustanciales. Todo el mundo menos Lidia y Nardarán hijo. Este le había declarado una guerra silenciosa. A Lidia simplemente se le olvidaba que Sara Mojonales existía.

En últimas, Esther podía escribir sobre el aguardiente de Lidia, que a pesar de la misión de la evangélica había cogido fama más allá de las montañas. Decían que un bejuco sarmentoso era el secreto para que al beber se aclarara la visión como si de repente se levantara una borrasca. Pero una vez hubo probado el famoso aguardiente encantado, a Esther le pareció que lo del brebaje era un delirio más de la gente de las montañas, a la que la verdad desnuda le parecía poca cosa y tenía que estar siempre inventando disparates.

En todo caso, las historias aparecían, sólo había que sentarse a esperarlas.

El primer día, después de despedirse del hombre que la había llevado hasta el alto del Nudo, Esther había bajado entre yarumos y laureles salvajes. Había dejado atrás botalones y corrales en los que hacía mucho tiempo no había animales. Sólo fue empezar a bajar y lamentó no haberle alquilado una mula al campesino que había encontrado tan pronto empezó el descenso desde el alto.

—¿Está segura de que no quiere una mula? La bajada es dura.

—No llevo mucho peso, voy para El Ciprés. Creo que puedo seguir bajando por mi cuenta.

—Como quiera. ¿Sí ve esa casa allá abandonada? Pásele por el ladito. Hay un pozo de piedra desocupado. Siga, que el camino la va llevando.

Detrás del arriero iban cuatro mulas amarradas entre sí, sin carga. Como si hubiera tomado un atajo, volvió a salirle al paso mucho más abajo. Ella ya llevaba varias horas caminando.

—También voy a la casa de Aura, a que me pague lo de una carga. Si quiere la acompaño, señora…

—Esther.

Las hormigas volvían a hundirse entre la hierba verde de la que brotaban. Un viejo les gritó a lo lejos y los saludó con la mano. Parecía un espantapájaros entre los cultivos, con la camisa abierta y la vaina del machete vacía colgándole de una cuerda que le rodeaba la cintura.

—Es mi papá, tiene que hablarle duro porque es sordo.

El viejo era menudo, se movía con rapidez hacia ellos entre los chamizos y los atados de leña recogida.

—Tenga cuidado con las trampas doña Esther. Son para un puma que se nos está comiendo el ganado.

Ya se lo había dicho el hombre del jeep en la mañana, pero la advertencia sonaba distinto ahora, metida en el crepúsculo, hundida en la penumbra azul de los cañones. Esther iba pensando que lo del puma era otra historia inventada, cuando vio una trampa abierta al borde del camino. A cualquier mula le podría morder una pata, cualquier niño que bajara corriendo podía quedar ahí atrapado.

—Me repite por favor su nombre, don…

—Parecido.

Parecido confirmó los temores de Esther. Le contó que a un ternero lo había mordido una de las trampas. Cotrino Serrador, que al parecer sanaba por igual a hombres y a animales, había intentado curarlo y luego había tenido que sacrificarlo. Le habló también de la tranquilidad que había vuelto a las veredas después de los años que pasaron asolados por ejércitos tan iguales que ni entre ellos se distinguían, y que además de aterrorizar a los campesinos, acabaron por matarse solitos.

En el cañón atardecía más temprano. La hierba se hizo azul, luego blanca. Al final desapareció bajo los pasos, que sólo sonaban, que casi no existían, rodeados de la oscuridad que crecía, en la que Esther se hundía sin que le quedara luz en las pupilas. El aire tibio tenía un olor a pasto que anunciaba la lluvia.

Siguieron bajando en silencio hasta que desaparecieron las paredes de las montañas, y justo entonces, cuando pensó que no iba a poder seguir andando porque ya no veía nada, porque le daba miedo ir a quedarse engarzada en una trampa, Esther vio las casas alumbrando abajo, el resplandor de la luz eléctrica entre la niebla, como un globo blanco que se deshacía en el tejido de la noche.

—¿Ese es El Ciprés? —preguntó.

—Ese mismo —respondió Parecido.

No había más de siete casas.

—¿En una de esas casas vive Aura?

La respuesta era tan obvia que Parecido no se molestó en decir nada.

La luz de las casas subía callada, en un sueño desolado. El Nauyaca se oía entre el zumbido de una planta eléctrica y los sapos y las ranas.

—Parecido, ¿usted sabe algo de una estatua inmensa que desapareció hace años allá arriba en el alto?

En las ramas peladas de un árbol chilló una guacamaya. El arriero alumbró con la linterna hacia lo alto.

—Son dos, ¿sí las ve?

Un pico como una hoz diminuta avanzó en la oscuridad. Sólo se adivinaban las caras arrugadas y los cuerpos mullidos de las aves. La linterna las bañó en un resplandor lechoso y se oyeron tres chillidos más, luego un aleteo.

—¿Las tienen en ese palo con las alas cortadas?

—No, si están ahí por puro gusto.

Parecido no dijo nada de la estatua y Esther no insistió porque estaba cansada. La noche brumosa se asentaba al fondo de los cañones.

A Esther le habían dicho en el pueblo que en El Ciprés buscara la casa de Aura. La mujer recibía a gente que iba de paso y cocinaba para los arrieros. Ahí podía pasar la primera noche de su recorrido por las veredas del río

Nauyaca. Aura tenía el pelo y las cejas pintados de rojo. Su cara era delgada, sus caderas anchas.

—Le hago de comer enseguida, doña Esther. Déjeme despacho primero a Parecido.

Aura y el arriero conversaron en el rectángulo de luz que la casa proyectaba.

Esther descargó su morral y se acostó en una hamaca. Alrededor de la bombilla desnuda giraba una polilla. Las paredes de adobe no llegaban hasta el techo, porque la casa era muy alta. Por encima de los muros circulaba un aire vacío, innecesario. Sintió las rodillas adoloridas y las piernas contraídas por el descanso súbito. La gente que vive aquí abajo debe tener las rodillas hechas polvo, pensó.

El aguacero se desgajó y unas cuerdas de agua se separaron por los surcos del techo de lata ondulada. Un sapo cruzó el jardín y se quedó quieto sobre una piedra. La lluvia sofocó el sonido de la planta eléctrica. Las dos guacamayas debían estar agarradas de una rama, con los ojos cerrados y las plumas absorbiendo agua.

Esa había sido su llegada a los cañones. A partir de ese día, el río cercano o distante rodearía sin cesar el círculo del paisaje; y en las noches, entre el sueño y el sonido del agua, habría un muro delgado siempre a punto de quebrarse.

22

Aunque había crecido por la lluvia, el río bajaba calmo a la madrugada.

Esther se lavó la cara.

Le decían la casa de piedra, aunque estaba hecha de adobe y tablones ásperos, desiguales, que se mantenían juntos por clavos ahora invisibles, clavados por golpes de martillo que muchos años atrás habrían punteado los pensamientos de la gente en el caserío. Bajo el alero, Esther vio sus botas llenas de barro.

Las demás casas de El Ciprés eran casi todas de dos pisos, hechas con ladrillos huecos y techo de lata. A algunas se les salían los hierros de la estructura, como si quisieran seguir creciendo. En la parte alta del caserío se extendía una plancha de concreto granulada que servía como cancha de básquet, rodeada de un mural con los animales de los cañones pintados: serpientes y culebras, venados y mariposas, un oso hormiguero, pájaros de colores, guacamayas, un puma enroscado.

El río que no había visto al llegar la noche anterior era profundo en el centro, pando y pedregoso en las orillas. Los loros sacudían las hojas de los plátanos en la ladera que se despeñaba sobre el río.

Aura estaba echándole maíz a las gallinas.

—¿Sí la dejaron dormir? Sírvase cafecito.

El café se estaba reposando en una olleta sobre la estufa. Tibio. Dulce. Pensó en Lidia, que a esa hora ya se habría tomado el café y el primer aguardiente de bejuco del día.

Esther se arrimó otra vez al río con el pocillo en la mano.

Así que ese era el Nauyaca. Algo en su aspecto no coincidía con su nombre. El verdor del agua. Su movimiento sosegado, continuo, fluido.

Las rodillas le dolían menos y sentía los pies descansados. Vio a cuatro vacas cruzar el río. Detrás de ellas iba un arriero a caballo. El caballo se hundió y al hombre se le oscureció la camisa. Luego salieron, las vacas primero, el arriero detrás.

Junto a la casa había un lavadero en el que Aura estaba ahora restregando una camisa. Esther se acercó caminando entre las gallinas que después de comer grano picoteaban la tierra en busca de lombrices.

—¿Usted sabe algo de una estatua que dicen que había en el alto del Nudo?

—¿La Virgencita? Es bendita, milagrosa —rash, rash, sonaba entre las manos de Aura la camisa, azulada por el jabón, llena de espuma y brillante de agua. Aura dejó de restregar por un instante para mirar a Esther—. Lo que dicen es que se elevó. Sobrevoló el río, llegó al páramo y allá arriba desapareció. Pero su espíritu nos cuida.

Rash, rash. Shuiiii. Un chorro de agua cayó del cuenco que vertió Aura sobre el lavadero. Escurrió la camisa, la estrujó entre sus manos. Se le habían enrojecido los dedos.

Las dos mujeres se sentaron en un poyo desportillado junto al lavadero.

Aura le contó de los viajes de su marido a Aguascoloradas, de las nuevas semillas que había traído, de la partida reciente de su sobrino. Esther alternaba una mirada interrogativa con una sonrisa para alentar la conversación.

—¿Y a usted no le da miedo andar sola? —preguntó Aura.

Esther negó con la cabeza. Llevaba puestos unos pantalones verdes amplios.

—¿Y esa cadenita? —preguntó Aura señalando el hilo de oro que Esther llevaba amarrado al tobillo.

Esther se levantó la bota del pantalón para dejar el tobillo completamente descubierto.

—Me la regaló un novio. Dijo que me protegería.

—De más que sí. Está linda.

Aura le habló de su infancia ahí mismo en El Ciprés, entre casas unidas por los hilos de maíz que picoteaban las gallinas. Cuando sintió que ya llevaba un buen rato adormecida por su propia voz, despertando del sueño del pasado, preguntó:

—¿Quién la subió al alto?

Esther no sabía cómo se llamaba el hombre del jeep, pero lo describió como un hombre callado con los dientes separados y unos ojos saltones y enloquecidos.

—Efrén, el hijo del difunto Agustín —dijo Aura.

Esther ya había notado que en Sanangó todo el mundo era hijo de alguien, casi siempre muerto, y así se presentaban. Sólo Lidia al saludarla le había dicho simplemente: «Yo soy Lidia».

—Jovencito se venía a las veredas a beber aguardiente corriente y armaba pendencias en las que hasta los cerdos y las gallinas salían dañados. Iba bien derecho al infierno, pero se le compuso el caminado —siguió diciendo Aura—. En realidad fue doña Sara la que se lo compuso. Que mi Dios se la lleve bien pronto a su gloria.

Esther quiso preguntarle más por la evangélica, de la que tanto había oído hablar en el pueblo, pero las interrumpió el canto de un gallo lejano. Pensaba dormir esa noche en una casa cerca a la cascada. De la cascada también le habían hablado en Sanangó.

—Parece que es muy linda.

—Es agüita cayendo, nomás —dijo Aura con una sonrisa.

Esther preguntó si era fácil perderse para llegar hasta allá.

Aura movió la cabeza.

—Lo fácil es llegar. Salga mañana bien madrugada. Cruza el puente y sigue el camino. En un momento tiene que alejarse del río y tomar el recodo que sube a la cascada —Aura dibujaba en el aire con los movimientos de las manos un mapa del territorio que Esther al día siguiente recorrería—. Ese trecho se puede volver largo, pero usted siga. Que no la vaya a agarrar la noche. Antes todo ese camino se cerraba con las lluvias. Pero ahora han tumbado mucho monte y tiene que llover harto para que cierren el paso el barro y la hoja caída.

Esther pasó el resto del día frente al río. Era bueno estar ahí, junto a un árbol cargado de bayas naranjas, con las gallinas rondando. ¿Era un roble? ¿Tan abajo?

A los pájaros les gustaban sus frutos.

En el caserío el humo ascendía en espirales lentas desde las chimeneas, pero también brotaba a ras de tierra, de alguna quema de chamizos o basura en las huertas comunes. Las copas de los árboles se volvieron también de humo. Esther se fue adormeciendo y todo El Ciprés le pareció una hoja inmensa de plátano arrastrada por el torrente del sol y del río.

23

Las veredas, conectadas por senderos perdidos en el monte y caminos que bordean el Nauyaca, se distinguían entre sí por cambios imperceptibles en el paisaje. El Ciprés, Santuario, San Lorenzo, La Campana.

Al pasar, el río hacía más fuerte la impresión de permanencia de las casas, de los huertos y el maíz. Sobre el río había puentes. Algunos eran puentes colgantes, viejos de un siglo, como ese que Esther iba a cruzar ahora mismo.

¿Resistiría su paso?

Los helechos brotaban entre las tablas y le daban un aspecto endeble. En el centro dos tablones verticales reforzaban la estructura, y a lado y lado, grandes ventanas de vacío se enmarcaban por palos chuecos, revenidos, lisos por el sol y por las lluvias.

Para animarse, Esther bebió un trago de bejuco. Inmediatamente sintió que le costaba trabajo respirar de corrido.

¿A qué estoy yendo?, se preguntó.

Otro trago. No podía calmar la sed con ese aguardiente que le había dado Lidia. Mejor sería vaciar la botella en el río, llenarla con agua. Sería mejor, pero algo le impidió hacerlo. Tanteó los tablones con la punta del pie para asegurarse de que el puente no iba a caerse.

Abajo corría esa agua vegetal, jaspeada por el sol.

Qué débil se sintió de pronto, borrosa, inexistente, como si apenas estuviera ahí. Sintió con claridad que otros habían recorrido antes esos cañones, con vidas más reales, formas más firmes. Esther no sabía que ya estaba en el delirio del bejuco. Sacó su navajita con mango de nácar del bolsillo, la abrió y apretó el filo. Quién sabe qué la esperaba del otro lado. El cielo estaba desierto, pero cruzaría.

24

Ve al atardecer la casa azul rodeada de guayabos. Tiene la impresión de haber estado ahí antes. Cruza la cañada, bordea la cerca, abre el portón de palos. Sube la cuesta del alto entre las cáscaras de guayaba caída. Aspira la fruta fermentada, dulce.

Un gavilán ronda la casa, planea sobre el alto, casi toca las ramas con el ala.

Arriba la recibe una mujer con un niño en brazos. Se llama Ángela, es menudita y lleva una A de oro colgada del cuello. Es muy joven, el niño que carga debe ser su primer hijo. Se mueve con pereza y gracia al mismo tiempo.

—Claro, aquí puede quedarse —Ángela le señala a Esther el sarpullido en los brazos—. La picaron los mosquitos. O los chinches. Tengo un cuarto vacío en el que no duerme nadie.

Esther asiente, se rasca, le agradece a Ángela. Avanza hasta el patio en el que dos hombres están ensamblando una estructura de hierro. Sobre la estructura montan unas tablas. A ratos encienden un soplete para fundir el hierro. Sus ojos parecen ausentes del trabajo que realizan, vacíos tras la llama azul que mana del soplete.

—Es para ampliar la casa —explica Ángela—. Para que quepan los parientes que vienen el sábado a la fiesta.

En menos de una semana, para el bautizo del niño, estaría llegando una caravana de mulas con parlantes, regalos, petacos de cerveza, garrafas de aguardiente, acordeones y arpas. De todas las veredas cercanas al río llegarían gentes peregrinando. Llevarían gallinas despescuezadas, los hombres levantarían una pira con leña bajada del monte en la que asarían dantas, dos cerdos, un ternero y bagres del río. Habría carne y trago para varios días, la borrachera de un día empataría con la del siguiente y la del siguiente, sin que hubiera tiempo para que el guayabo les cayera encima. Al final sólo sonaría un tambor y estarían tan embriagados que se olvidarían para siempre de la sed y del sueño.

—Se puede quedar a la fiesta, bien pueda.

Ángela tiene una sonrisa cálida, y es amable. Pero hay algo duro en ella, como si estuviera apagada por dentro y sus movimientos fueran los mínimos para atender la casa, cuidar a su hijo.

Esther piensa en la invitación. Le dan ganas de quedarse. Se imagina preguntando por la estatua a los primos y a las tías del niño, a un montón de ancianos desconocidos. Bebiendo con ellos, rasgando con los dientes tiras de carne ahumada.

Ángela baja de la estufa una olla con agua hirviendo. La mezcla en una bañera pequeña con agua fría, desnuda al niño que empieza a chapotear, a mover sus manitas y a balbucear. Ángela le pasa las manos mojadas por el pelo, por la cara que empieza a brillar por el agua. Un pasto muy alto rodea la casa.

—¿Hace cuánto construyeron esta casa? —pregunta Esther.

El soplete silba. Los hombres siguen envueltos en el fuego azulado. A los oídos de Esther llegan los balbuceos del niño, el agua batida por sus miembros regordetes, la voz sin acentos de Ángela.

—Como ve, no la hemos terminado. Pero mi marido creció aquí —Ángela señala con el mentón la cuesta que baja a la cañada—. Jugaba entre esos palos de guayaba.

El silbido se detiene, a la llama se la traga el tubo del soplete. Uno de los hombres, el más joven, mira a Esther de reojo. Es fuerte. Tiene los ojos bobos. Se fija en la cadena de oro que lleva en el tobillo. El otro, que debe ser el marido de Ángela, se acomoda el sombrero, se mete la mano a la bota de caucho para rascarse. El gavilán que ha estado rondando chilla desde lo alto.

—¿Cómo se llama el niño?

—Todavía no tiene nombre.

—¡Pero si ya camina!

—¿Y es que acaso para caminar se necesita un nombre?

Cierto. Pero a Esther le parece extraño que para la fiesta se esté preparando todo menos el nombre del niño, y más extraño le parece el niño que se le acerca, recién salido de la bañera, tambaleándose como una pelotica de carne, con un cuaderno de páginas azules vacías entre las manos.

—Quiere que le dibuje algo —Ángela mueve la A de su nombre de un lado al otro de la cadenita.

Toman café. Llega la noche. Sube el canto de las ranas desde la cañada. Los insectos y las polillas se sacuden en un velo de llovizna. A diferencia de El Ciprés, aquí llega la luz eléctrica y no necesitan planta. Pero Esther siente que está más lejos, adentro, metida en los cañones.

En el cuarto que le ha ofrecido Ángela hay cuatro camas de madera de acacia. Escoge la que tiene vista a la ventana. Las polillas parecen hechas de la misma luz de la bombilla que cae sobre el traspatio de la casa. Se desvanecen al apagarse las luces.

Afuera no hay estrellas. Se siguen adivinando las montañas.

Esther cierra los ojos y espera que el cansancio la duerma enseguida, pero Ángela habla en murmullos en el cuarto de al lado. Algunos relámpagos estallan, separados por intervalos de segundos; luego el aire se convierte en una resina negra. La oscuridad es un llamado a que despierten los chinches, a que salgan de la borla del colchón a devorarle a Esther los pies y las manos. A hurgarle los piquetes que ya tiene en los brazos. Esther busca a tientas la botella en su morral entreabierto y bebe.

Tal vez me ayude a conciliar el sueño, se dice, y después del segundo trago siente las piernas hormigueando, los chinches taladrando y girando allá abajo, en una cama subterránea hecha de nidos. Deja de sentir las picaduras cuando algo que se mueve tras el muro de repente la distrae.

El reflejo de un resplandor naranja aparece en el techo de lata, como si alguien hubiera encendido una vela en el cuarto de al lado. El resplandor parpadea, después gira. Todo alrededor se hunde en la oscuridad de cueva que ese círculo naranja parece estar cavando. Desaparece y vuelve a encenderse, se queda unos segundos ardiendo, vuelve a extinguirse y arde, da vueltas, ya no se apaga.

Esther toma otro trago, pasa el sabor amargo del bejuco. Sus pensamientos se hacen tenues. La oscuridad se aclara. Las ranas se equivocan y cantan a la madrugada, o es que está anocheciendo de nuevo y la noche que se ha ido está apenas llegando, como si hubiera estado girando en sentido contrario.

Ya no sabe si durmió. Se asoma a la ventana y ve a los dos hombres que han salido madrugados a trabajar en el campo. El más joven lleva un azadón, el otro amontona leña. De las montañas viene la luz que se abre paso. Esther los saluda con la mano. Toma una manzana de su morral y la corta con su navajita de nácar.

No ve a nadie en la cocina. La estufa está apagada. Ángela y el niño deben estar aún dormidos. Baja la cuesta hasta el portón de palos. Cruza de un salto la cañada, la deja atrás y se pierde en los potreros que suben y bajan.

El estiércol forma montañitas dispersas que parecen una mezcla de pasto y ceniza. Esther lo ve todo claro, las cosas le tocan los ojos.

Las vacas gordas lamen costras de sal adheridas a los abrevaderos. Las saluda con una palmada en el morro, y sin proponérselo, cuando ya se ha olvidado de qué es lo que busca en el mareo de esa tierra ondulada, da con la

132

entrada a la cascada: un broche de alambre oculto por arbustos y matorrales.

La hierba está gris por el rocío, las piedras se hunden en el fragor luminoso del agua que cae y estalla. La cascada es un cuerpo hecho del polvo blanco de agua. Esther quiere hundirse, lavarse, celebrar, quitarse el ardor de las picaduras imaginarias.

Se queda un rato bajo el chorro. El golpe de agua fría le pega en la cabeza, pero le hace bien, siente que vuelve a andar el tiempo granuloso que había quedado atrapado durante la noche.

—¡Esther se metió al agua! —exclama Ángela al verla llegar de vuelta—. Desde que vivo aquí no se me ha ocurrido meterme a ese chorro frío. Venga y se seca ese pelo, se me toma alguito.

Ángela le sirve aguapanela. Le alcanza una toalla.

—¿Y el niño?

—Séquese bien, que no vaya a resfriarse. El niño salió con el papá temprano. Se fueron a buscar a Cotrino Serrador para que lo bendijera para este sábado.

Ya le han mencionado ese nombre antes, en el pueblo, en las veredas. Se pregunta si además de brujo no será algún cura rezagado por el poder terrenal de Sara Mojonales.

La estructura de hierro en la que los hombres habían estado trabajando está cubierta sólo a medias por el tablado. El resto parece sostener una casa hecha de aire en la que bailaría y bebería el tropel de montañeros invitados al bautizo.

Como solía ocurrir con las mujeres que la hospedaban en sus recorridos a pie por lugares remotos, Esther siente que la une a Ángela una complicidad generosa y sin palabras. Se entristece un poco al tener que dejarla. Nunca más volverá a verla. Para ella seguirá siendo siempre la mamá jovencita de un niño sin nombre.

—Me gustaría de verdad quedarme a tu fiesta —dice Esther—. Pero tengo que seguir. Voy haciéndole un mandado a alguien. —Qué absurdo le parece entonces estar andando tras los pasos de una estatua que no existe.

—Que la Virgen la guarde. Que vuelva por aquí cuando el camino se le acabe. A lo mejor la fiesta no se ha terminado.

—¡A lo mejor!

Una ola de risa se le alza entonces a Esther por dentro. La misma risa que Lidia le contagiaba en las noches junto a la estufa. Siente las picaduras de chinches como benignas estrellitas rojas. A pesar de la noche en vela, o del sueño tan inquieto, tiene fuerza suficiente para andar hasta San Lorenzo. Pregunta por las señas. Son las mismas siempre.

—No hay pierde, siga el río, la lleva el camino.

Camina. Mientras camina se le hace de noche. Pasa junto a una gran piedra. Sobre los árboles altos, las primeras estrellas rodean la luna. En la hierba las luciérnagas responden como espejitos perdidos. La oscuridad es azul. Esther no reconoce la noche. No se siente extraviada. Se orienta por el sonido del agua.

25

Siempre lo mismo. Sólo hay que seguir.

Las nubes, las hojas, el cielo, el río. El cielo imita el flujo lento del río. El sudor de andar caminando mantiene húmeda la ropa de Esther. Va a buen paso. Ni lento ni muy lento. Mucho menos rápido. Las cosas surgen a su antojo, a su ritmo, y a ese ritmo se mueve el camino. El camino es más leve que cualquier pensamiento.

Hacia el Nauyaca, la vegetación es recorrida por hilos de arrieras. Anturios salvajes, libélulas y roedores, zarigüeyas y culebras que dejan huevos entre el rastrojo y salen a recibir el sol. El mundo cerca al río parece a kilómetros de distancia del lugar montañoso que brota en la cima de los cañones. A una altura media, entre el páramo y el río, se entremezclan carboneros y robles, las hojas como estrellas de los yarumos.

A ratos el río encajonado desaparece entre las paredes del cañón y se convierte en una cuerda de agua, pero luego se abre, se explaya, y el agua se aclara hasta alcanzar visos azules. Entonces se alza el río, y los caminos que lo bordean, los altarcitos de la Virgen, los puentes de tablones podridos quedan a la vista.

Por si acaso, Esther se inclina ante las estatuitas y vierte un chorro del aguardiente de Lidia. El chorro repica alegremente y Esther misma se ofrece un sorbito.

Esther es fácil de emborrachar. Pero ella ni se da cuenta.

Llueve, escampa.

Después de la lluvia, la hierba queda arqueada por goterones. ¿Cuánto tiempo pasa entre casa y casa? ¿Cuánto tiempo entre lluvia y lluvia? Los árboles son incontables. En los potreros, la lluvia saca brillo a los caballos. El sol vuelve a secarlos. Las flores brillan.

Esther sabe que una casa se acerca porque un gallo le sale al paso. Alrededor del gallo, unas gallinas. Las cercas están hechas de palos torcidos negros de hormigas. Hay uno que otro letrero, como ese que anuncia la llegada a San Lorenzo.

A veces Esther se cruza con una mula que baja sola, cargada de ladrillos, sin nadie que la guíe, como si el animal fuera en penitencia solitaria. A veces se topa con un hombre a caballo. Varias veces lo cruza. Tiene el pelo negro largo y una fusta sin trenzar que parte el aire en dos con un chasquido. Saluda a Esther con una inclinación de cabeza. Lleva amarrados manojos de plantas y zarzas que cuelgan del lomo del caballo.

Debe ser el tal Cotrino Serrador, piensa Esther. Pero algo en el hombre la intimida y no se atreve a despegar los labios para responder al saludo.

En las noches que pasó en el pueblo, Esther imaginó el camino que recorrería.

Lo imaginó con las palabras de Lidia que a su vez lo había visto con las de Jeremías. Y así es, tal como lo había visto el viejo. Así seguiría durante años, hasta que talaran el monte y revolvieran la oscuridad de toda esa tierra para arrebatarle al Nauyaca su última pepita de oro. La tierra quedaría entonces blanca de sed y cansada.

Esther por su parte cruzaría más puentes y potreros. Caminaría entre bosques de guaduas y de cámbulos. Al atardecer llegaría a una casa, con luz adentro, voces y risas, sonidos de platos y trastos. Le abrirían la puerta y unos perros pulguientos la recibirían husmeándole las piernas. Los ojos le crecerían de asombro ante cerdos gigantes y faisanes, las mariposas cristalinas seguirían volando entre montículos de boñiga. Los campesinos le contarían historias más viejas que la memoria.

A cada paso, el viaje imaginado y el viaje recorrido se harían uno solo. Abajo siempre estaría el río, el cielo siempre estaría arriba. En medio, el monte frondoso, las orillas.

26

Ahora hay que ver por dónde vamos.

De la botella que le regaló Lidia ya ha bebido más de un buen cuarto.

Como ya es bien sabido, el aguardiente de Lidia se había hecho famoso, a pesar del secreto, a pesar de las prohibiciones de Sara Mojonales y de toda la energía que gastaba esa mujer en oratorias encendidas contra el brebaje que venía de fuentes del diablo. ¡De los indios!, decía.

Se había regado tanto la noticia del aguardiente mágico que hasta un mexicano que había prosperado fabricando pulque había llegado a esas montañas buscando el secreto para enriquecer su aguamiel y convertirlo en una bebida alucinante. Lidia se había dado cuenta de la codicia que brillaba en los ojos del hombre y le había dado a probar el bejuco para curarlo de la ambición.

—No se ilusione, don Mejicano —le había dicho la anciana—. Que nadie se enriquece con un bejuco. Uno sólo se hace más pobre.

Cuentos, chismes, habladurías, se decía ahora Esther por el camino.

Yo no he visto nada raro, se decía.

Y era cierto. No le habían venido las visiones jubilosas y terribles de las que hablaban los jovencitos que iban a buscar el aguardiente de Lidia. Las cosas seguían siendo las mismas, o eso al menos creía.

Esther no se daba cuenta de que el camino que avanzaba, los potreros amarillos, la fronda, el aire lleno de sombra, las víboras en lo fértil y luego entre cascos de tierra, los pastos espinosos, los terneros fluidos, los grandes hocicos de las vacas, esa alternancia delirante siempre acompañada por el río que cabrilleaba, todo era un conjunto exuberante de visiones, como si el Nauyaca y las montañas y la naturaleza entera hubieran bebido el fermento alucinante.

Lo que sí sentía Esther era que iba como apocándose, como borrándose ella.

A pesar de las largas jornadas de camino y de los baños en el río, dormía menos y tenía poco apetito. Hacía esfuerzos para oírse. La abandonaban los pensamientos. Los pensamientos son bellos, pero hay que abandonarlos, qué se le va hacer, se decía. A lo mejor ese dichoso aguardiente me está haciendo invisible, comentaba consigo misma.

—No, no, no, ¡y no! —decía sólo por llevarse la contraria. Y se reía.

Nomás se hubo reído se sentó junto a una peña y se quedó dormida. Se despertó enseguida porque el aire se hizo muy caliente y oscuro. El cielo estaba tan pesado que parecía que se le iba a venir encima. Oyó que llamaban.

—¡Esthercita!

Un machete silbaba en el monte, pero la ladera estaba quieta, no había viento. Ni una sola hoja se movía.

Ya me vendrán las intemperies, el infortunio. Pero ahora todo está bien, se decía.

27

La casa estaba peligrosamente cerca del río. Le decían la casa de los arrieros porque se encontraba a medio camino entre la entrada a los cañones por el alto del Nudo y la salida a Aguascoloradas. Era la parada obligada de los que iban con mulas.

Los granos de café se secaban al sol sobre un costal hecho de nudos.

—Chiro Cuéllar, para servirle. Me parece que yo ya la conocía.

Andaba apoyado en un par de muletas que parecían reliquias.

—No nos conocíamos —fue lo que Esther dijo.

Y él le señaló una silla para que se sentara. Chiro Cuéllar se sentó a su lado sin doblar la pierna, entrecruzando las muletas sobre su regazo con un sonido metálico .

No fue sino sentarse y empezó a contarle los pormenores de la casa en los últimos días, como si ella hubiera regresado después de un tiempo y él tuviera que ponerla al día. Esther lo invitó a un trago de aguardiente. Ella ya llevaba un traguito adentro, un traguito fresco, de hacía apenas un rato, de ese mismo día.

—Está muy bueno —dijo Chiro Cuéllar—. ¿Quién se lo hizo?

—Me lo dio una mujer en el pueblo. Su abuelo era antes el que lo hacía.

—Jeremías es como un santo patrón aquí en las veredas. En cada vereda tienen sus tinajas, preparan su aguardiente, algunos le echan hierbas y raíces que lo amargan, bayas que dicen que envenenan, pero ya no hay como el aguardiente que se hacía en La Carbonera. Es lo que decía madrecita, que en paz descanse. Le hacía el viaje hasta Sanangó para comprarlo en La Golondrina, o se lo compraba directamente al viejo en los establos. Si no tenía cómo pagarle, le dejaba a cambio canastos que ella misma trenzaba con cañuela.

Chiro Cuéllar contó lo que a él le contaban. Que Jeremías pasaba meses encerrado en La Carbonera hablando con la oscuridad. Que de ahí salía perdido en la mañana y enseñaba a andar a los árboles. Chiro Cuéllar no paraba de hablar. Se sirvieron otro vasito. Que la tierra del Nauyaca era rica en oro, en ranas. Que las ranas eran venenosas y que había ranitas de cristal.

—La mayoría de la gente de por aquí sólo conoce el río y los caminos que lo rodean. Algunos ni siquiera han ido al pueblo. No han puesto un pie en los caminos destrozados que trepan la montaña. Yo era un jovencito cuando tuve que dejar todo esto. Dejé a madrecita sola, en compañía de un aguardiente como este, viendo cosas, hablando, como quien dice, acompañada. Yo pensaba que podía volver con lo que unos parientes nos habían dejado en el gran valle, pero llegué allá y ya se había robado lo que era nuestro.

Le habló de cómo se había escapado de los ejércitos de la selva. De cómo le habían disparado en una pierna y había tenido que hacerse tabiques con lianas untadas de caraña. Arrastró la pierna tullida hasta la frontera que había cruzado por tierra escondido en un camión, y había vuelto a cruzar después por el río, a punto de morir asfixiado en la sala de máquinas de un ferri maderero. Estuvo preso por contrabando. Había dejado embarazadas a cuatro mujeres de las veredas antes de casarse con Genoveva, que era estéril y pedía a Dios todas las noches por un hijo, como Sara, pero no la evangélica del pueblo, sino la de la Biblia, aunque a lo mejor la Mojonales también pedía a Dios sus cosas a cambio de todos los favores que le hacía.

—Para ser cojo, le ha rendido.

Lo dijo el hombre de pelo largo que Esther se había cruzado varias veces en el camino y se había materializado de pronto detrás de las bugambilias. Había oído el relato de las vicisitudes andariegas de Chiro Cuéllar o ya las conocía. Apareció bajo el sol esplendoroso, saludó a Esther con una inclinación de la cabeza, reconociéndola, y se agachó para remover los granos de café que entonces exhalaron en un polvillo dorado todo el sol que habían bebido. Iba sin el caballo, pero llevaba la fusta sin trenzar en la mano.

—Cotrino Serrador. Siga nomás —le dijo Chiro Cuéllar al recién llegado—. El otro día lo vi pasar de largo en un caballo que no era el suyo. Trotaba como rebotado. Me pareció que estaba cojo. O es que de tanta soledad en este río uno empieza a imaginar a sus semejantes.

—Me lo prestaron. Un caballo tan bueno que anda sólo con la sombra de la fusta.

Esther tuvo la impresión de haber visto a ese hombre, de que ya lo conocía, no del par de veces que se lo había cruzado en las veredas, sino que lo conocía de antes, de mucho antes, y que ahora estaba ahí de pie, en el patio incendiado por el sol sobre las bugambilias. Lo volvía a ver como una imagen que había tenido adentro y se había asomado de pronto, de un salto.

Apuró otro trago de bejuco.

No dejaba de sentirse intimidada por el fuego vegetal que ardía en los ojos del recién llegado, el mismo que habían visto en el cadáver flotante de Heraquio, el mismo que chispeaba en los ojos de Lidia y que mantuvo encendidos hasta en la muerte los ojos de Jeremías.

Cotrino Serrador recorría las veredas para vacunar al ganado y recibir a los terneros en partos difíciles. También curaba infecciones en los ojos de los campesinos con colirios, trataba las úlceras con cataplasmas de la resina del sangregado, aliviaba los dolores de reumatismo que llegaban sin falta a acosar a los viejos, desparasitaba a los niños haciéndoles beber hierbas amargas, les canturreaba a los enfermos al oído.

Las gentes del río no habían visto un médico en toda su vida, y como el puesto de salud más cercano era el de Sanangó, a varios días de camino a pie o en mula, Cotrino Serrador servía en las veredas lo mejor que podía a humanos y animales, llevándolos también con venenos a la muerte, cuando los dolores de una enfermedad se hacían insoportables. Entonces les mostraba un espejo redondo que llevaba escondido, rodeado de plumas que imitaban los rayos del sol. Lo sostenía mientras se inclinaba sobre ellos para cantar en una lengua desconocida, hasta que poco a poco se desvanecía en el espejo el vaho de la respiración del moribundo.

Cotrino Serrador era posesión de esas montañas, la última gente de los indios. Conocía los venenos del bosque y los del río, como los había conocido Zacarías Zambrano, como los había conocido Jeremías.

—Ya vio que Chiro Cuéllar habla por la pierna que no le camina —le dijo a Esther sin mirarla, viendo hacia el suelo y barriendo el suelo con la fusta—. ¿Qué la trae por aquí?

Parecía tener el poder de formarse una idea clara de la figura y del estado del alma de las personas que tenía cerca sin tener siquiera que mirarlas.

Turbada por la cercanía de ese hombre de ojos pequeños y rasgos indios, Esther le contó que había llegado a los cañones para saber algo de la estatua gigante de la Virgen.

—Ah, pero se pasó. La estatua está en el alto del Nudo.

—Estaba. Lo que quiero averiguar es cómo desapareció.

—Ese es el cuento que le tienen montado a la evangélica para que los deje tranquilos —replicó sin titubear Cotrino Serrador.

Esther explicó que ella venía del alto, que por ahí había bajado al río, que en vano había buscado un nicho que hubiera podido soportar la estatua colosal, y que todas las historias disparatadas que había oído coincidían sólo en una cosa: la Virgen había desaparecido.

—Entonces usted también se lo creyó —respondió Cotrino Serrador con una sonrisa.

Le contó que la gente de las veredas seguía llevándole a la Virgen fruta, aguardiente y grano, y que incluso enterraban a los pies de la estatua el pellejo reseco de los ombligos de los recién nacidos para que estuvieran a salvo en el tiempo que les era dado de vida.

—Hasta rezan el rosario en las narices de la evangélica —agregó.

—No puede ser —atinó a decir Esther en su estupor.

—Si quiere vuelva y lo compruebe usted misma.

Sólo la perspectiva de desandar esos caminos polvorientos de delirio le parecía extenuante. Desandar lo que había andado era empezar un camino. Su idea era salir de los cañones por Aguascoloradas, escribir la crónica y no volver nunca. Regresar le parecía ir sin regreso. Además no había necesidad de comprobar nada, porque ya empezaba a acostumbrase a los despropósitos y a los embaucos de la gente de esa región loca sin retorno.

Pero había algo más: una inquietud vaga y muy antigua se removía en ella ante la idea de separarse de ese hombre al que acababa de conocer. Entonces Cotrino Serrador soltó una carcajada repentina. La piel cobriza de su cara se contrajo, y sus dientes se mostraron, amplios y radiantes. Su risa fue una exhalación profunda. Luego aspiró como si aspirara humo y sus ojos recobraron la quietud intensa que había aturdido a Esther. Quedó tan embelesada por esa risa que no tuvo tiempo de asustarse, aunque miedo sí seguía sintiendo. Miedo de lo mucho que ese hombre la paralizaba y la embrujaba. Si pudiera mezclarse el miedo y la maravilla en un solo sentir, eso es lo que habría sentido Esther. Se hubiera bebido la risa de ese hombre en vez de mil botellitas de aguardiente de bejuco. A pesar de que creía haber perdido el habla, acertó a decir una palabra y vio que no sólo no había quedado muda, sino que podía responder con ligereza y alegría. Y que así y todo, deslumbrada, medio espantada, podía hablar con Cotrino Serrador.

—Digamos que le creo —dijo—. De todos modos, no tengo otra opción.

A pesar de la seguridad y la fortaleza interior que irradiaban de su persona, del sentido del humor mordaz y elegante del que iba dando muestras, a pesar de su risa expansiva, Cotrino Serrador era un hombre retraído. Su conversación era pausada, espaciada por largos silencios en los que Esther tenía tiempo de sobra para observarlo. Su semblante era grave, pero a la vez distendido. Rara vez la miraba directamente a los ojos, no por timidez, ni por soberbia, que era lo que en un principio le había parecido, sino porque era consciente del poder de su mirada. Y porque aunque no la mirara, la estaba mirando, sólo mirando, más que mirando, como absorbiendo con los ojos el aire que la rodeaba, o eso sentía Esther, que él estaba ahí, mirando sin reaccionar a nada, sin nerviosismo, sin ningún gesto que sobrara y que ocultara esa presencia tan directa que tenía.

Así estuvo Cotrino Serrador. Quieto, frente a ella, ligeramente ladeado. Esther hubiera podido permanecer horas bajo su influjo. Preguntaba algunas cosas, respondía a las preguntas que ella hacía. A veces Serrador decía algo que sólo a él le producía risa, y entonces volvía a ocurrir: el milagro deslumbrante de esa risa que estallaba y hacía sentir a Esther que la memoria de todo su cuerpo se sacudía.

Él se cansó de hablar y se echó en la sombra, en una hamaca sobre la que pendía un racimo de plátanos. Esther se fue a bañar al río, para bajar el calor de la tarde y para aplacar el ardor en que la habían dejado por igual el aguardiente que había bebido con Chiro Cuéllar y el encuentro con Cotrino Serrador. Trató de quitarse de encima el enigma de ese hombre. La calmó el agua tibia y sedante, las hojas que bajaban, los reflejos de las nubes. La tarde fue como todas las tardes que había pasado en el Nauyaca, con horas amplias y verdes, peces, insectos, los pequeños reptiles que bordeaban el río.

28

Cuando ya no quedaba de la luz sino el puro bochorno que anunciaba la tormenta, Esther se tumbó en el cuartito que le había arreglado Chiro Cuéllar junto al río. El colchón era tan duro que la hubiera aliviado cubrirlo de tablas. Se acomodó como pudo. Pasó un tiempo quieto en el que otra vez habría podido venir el día o la noche y afuera daba igual si cantaban los pájaros o los sapos con los grillos.

Esther no iba a quedarse dormida aunque hubiera andado mil veces el camino que había hecho, porque toda la fatiga se le había ido del cuerpo. Se le había ido hasta no dejarla dormir.

Tampoco iba a moverse de su cama.

Entonces abrió los ojos, cada vez más metidos en la oscuridad, hasta que se le encendieron como dos ascuas. Tenía a su lado la botellita de aguardiente. Bendijo a Lidia. Se preguntó si alguna vez volverían a encontrarse. Si para la anciana existía o no la estatua. Si ella le regalaba el brebaje a Cotrino Serrador. Si era el aguardiente el que lo hacía mirar de esa forma tan extraña, ver hasta el fondo de la gente con la que se cruzaba en el camino.

A lo lejos Esther oyó los cascos de un caballo, el grito de un arriero. Después ya no oyó nada porque un ventarrón se empezó a llevar los sonidos, los que estaban lejos y los cercanos. Ya ni su respiración oía, de tan fuerte que soplaba el viento. Empezó a llover con fuerza.

A un ritmo aterrador, implacable, vertiginoso, todo lo que había en los cañones, las quebradas que bajaban al río, las hondonadas, los desfiladeros se convertían en ráfagas de viento. Las vacas desaparecían como si fueran de barro. También era invisible el río de hojas negras. Sólo quedaba el ruido de la lluvia, que no era progresivo, como puede ser a veces. Esta lluvia caía toda al mismo tiempo, con estrépito. No era posible salir de ahí, de esa tormenta enmarañada, ni caminando ni con el pensamiento.

Entonces se abrió la puerta.

Lo que la asustó no fue que él entrara, sino el sigilo que rodeaba como un aura el pelo largo y lustroso de Cotrino Serrador. Se sorprendió también de que a pesar del fragor de la lluvia, en medio de la desolación de la noche, hundida en esos cañones embrujados, él hubiera atendido a su llamado.

Algo empezó a hablar. Pero no dijo palabras que Esther pudiera comprender. Fue como si los indios remotos, exterminados dos siglos atrás, hubiesen vuelto, canturreando una lengua que sonaba como el viento.

Esther buscó la figura de Cotrino Serrador pero el cuarto ahora era otro.

Ya para qué me espanto, se dijo Esther. Y se sentó. Al menos así alivio los rigores de esta cama.

Y ahí mismo estaba él, en el rincón. Y a ese rincón fue a buscarlo, y lo estuvo palpando contra el muro de tierra, frío, húmedo, pero afuera no llovía y los techos de todas las casas cercanas eran de palma, era una aldea, y era luna llena, y su luz caía sobre el toldillo que cubría la cama. Él ya no tenía el nombre con el que lo llamaban en las veredas, ni tampoco otro. Pero era él mismo. Por la luna, sus ojos eran dos pepas de plata. Esther sintió clarito su cuerpo cuando se arrinconaron contra el muro, ahí le sintió los labios, y luego lo fue sintiendo más cuando se encaramaron a la cama bajo el toldillo, amplia, aunque ellos se apeñuscaban como si no hubiera más campo. Se juntaron. Y él entró en Esther. La luz de la luna se contrajo.

Esther despertó envuelta en la humedad que había dejado la tormenta, o ya estaba despierta. Ahora tenía que esperar la salida de un sol lento. ¿Qué había sido? Un embrujo, un sueño, un espíritu. El río crecido rodeaba la casa. ¿Y qué más daba? Así se había acercado, así lo había conocido. Para verlo habría tenido que buscarlo. Pero así, en esa casa apenas incrustada junto al río, él la había buscado, se le había arrimado, la había visto.

Buscó la botella de bejuco y bebió un buen trago. La luz del amanecer descubrió el colchón polvoriento.

Afuera, Chiro Cuéllar le dio los buenos días avanzando hacia ella con el golpeteo de sus muletas. Detrás iba su mujer, con huevos humeantes y envueltos de maíz recién hechos. Le sirvieron.

—Tuvo suerte —dijo Chiro Cuéllar—. Pensé que la tormenta se iba a llevar el techo del cuartico en el que estaba durmiendo.

Esther estaba lela, feliz, adormecida. Desde los vapores clarividentes que la alzaban, se quedó mirando a esa pareja extraña, abandonada en un paraje de paso, viviendo una vida triste, apocada, y sin embargo satisfecha y resignada. Chiro Cuéllar se engrandecía con sus historias y sus mentiras, con el sartal de palabras que le soltaba al primer venido, mientras que Genoveva lamía sus heridas en la docilidad. Así eran esas dos vidas junto al río.

—Mucha suerte —insistió él—, porque yo a esa hora no me iba a encaramar al techo. Y menos con esta pierna que tengo. O que no tengo.

Esther supuso que ese hombre iba a empezar a hablar otra vez sin pausa. Y aunque estaba lejos de la impaciencia, prefería evitar un torrente como el del día anterior para seguir meditando en los humores que la sombra de Cotrino Serrador le había sembrado dentro.

Intuyó que la única forma de detener la terrible elocuencia de Chiro Cuéllar era respondiéndole y preguntándole algo, en lugar de sólo asentir y escuchar, como había hecho la tarde anterior. Preguntó lo único que le hubiera gustado saber en ese momento. Pronunció el único nombre que quería pronunciar.

—Ni falta que hubiera hecho. ¿Sabe dónde está Cotrino?

—¿Serrador? Madrugó a ayudar a Lirio, una vaca en La Campana. Parece que el ternero que va a parir viene atravesado.

Después del desayuno, Esther fue al baño donde un espejo diminuto le devolvió su imagen. Volvió a ver esa aldea, ese cuarto bajo el techo de palma lavado por la luz de la luna. ¿Dónde había estado? El jabón que se deslizaba en sus manos estaba a punto de desaparecer y terminó por deshacerse. Se echó agua en la cara. El amor es otro nombre para la suerte, pensó. No es mi culpa, tampoco el mérito es mío. Su sonrisa en el espejo era como un río dormido.

—Mejor te vienes conmigo —se dijo—. Porque a esta casa tarde o temprano se la lleva una crecida.

Tenía que andar para aliviarse de su alegría.

¡Todo por un sueño!

Así es, así es, se decía por dentro. ¿Cuál era, después de todo, la diferencia? El amor siempre es un sueño, un estado de claridad intensa.

Se despidió de Chiro Cuéllar, el hablador, y de la triste Genoveva que remendaba unos costales. Habían vuelto a sacar el café. Les dio unas gracias rápidas y dejó la casa de los arrieros entre una luz llena de insectos, polinizada y hecha de sol, como si no hubiera llovido en años.

Esther iba llevada por un espíritu, avanzaba con paso elástico que no era el suyo. Volvió a ver el rostro de Cotrino Serrador, contraído por el placer como antes lo había visto contraerse por la risa. Su rostro sin edad, hendido por las líneas del tiempo, inclinado hacia atrás en el negro de la noche y luego regresando hacia ella, en un lento movimiento sesgado. Sus ojos abiertos. Su cuerpo lleno de energía, contenido, fuerte sin esfuerzo.

El veneno del amor y el del bejuco eran parecidos. Se potenciaban mutuamente. No servía de nada resistirse.

29

Ese reguero de casas al que llega apenas si merece el nombre de caserío. Está situado en lo profundo del cañón. Esther sabe que se adentra a cada paso, que el Nauyaca cava su camino.

No tiene sentido decir que piensa en Cotrino Serrador. Los pensamientos brotan y pasan, mientras que él le corre por la sangre. Como que la desmenuza por dentro. Los golpes del corazón son tan fuertes que la asustan y quisiera echar su corazón al río.

Ve la única tienda que ha visto en días de camino. Varias mesas están ocupadas por ancianos que parecen sentados ahí desde hace siglos. Una mujer de cien años bebe su cerveza lentamente con los ojos perdidos. Los demás van envueltos en trajes pesados, cargados de polvo, con la piel fría, como si nunca los hubiera tocado el sol.

Fuera de la tienda están los niños.

Los niños son ruidosos. Endemoniados. Con toda esa quietud del lado de los viejos y esa algarabía del lado de los niños, a Esther le dan ganas de irse un rato al río. Va y se cambia detrás de un árbol. Se echa un traguito del aguardiente de Lidia.

Algo le da miedo. Se siente extraña en medio del bullicio repentino de ese caserío.

Lleva un vestido de baño blanco y su cadenita de oro en el tobillo. Los niños sueltan gritos de aprobación y la aplauden para animarla, como si fuera una hazaña bañarse en el río. La agarran de los brazos, se le cuelgan de las piernas.

Le va a venir bien un baño para despejarse. Se siente mareada, aturullada. Intenta zafarse de los chiquillos.

Es bueno el frío del agua en los pies. El roce del hilo de oro contra su tobillo no es ni bueno ni malo. Cree que los huesos van a doblársele por la corriente. Hunde las pantorrillas, las rodillas, los muslos. Recuerda la camisa del arriero que se tiñe de humedad al entrar en las aguas del Nauyaca. Detrás de las voces de los niños vuelve a oír que alguien la llama.

—¡Esthercita! —grita el grito.

Para no oír más, Esther hunde el cuerpo entero.

Es entonces cuando siente una corriente más fría que la arrastra, como si una puerta se hubiera abierto en el lecho del río. Alcanza a agarrarse de una piedra. En los dedos y en las uñas se le junta la voluntad entera. Hasta olvida las visiones del amor que no se olvidan. Pronto no resistirá más. El agua corre, metálica, y cuando siente que los dedos van a quebrarse, que la piedra se va a ir, que se va a quedar atrás, el río cede, la devuelve a la orilla con el mismo sigilo con que quiso llevársela.

Como juncos que han crecido de repente, ahí están de nuevo los niños, flacos, lanzando chillidos. Las niñas mueven las caderas y caminan con una mano en la cintura, y vuelven a gritarle y corretean descalzas sobre el puente.

Esther sale del río temblando. Camina sin haberse secado. No sabe si son lágrimas de rabia o de gratitud lo que tiene, o si es el brillo en movimiento del río. Aún le tiemblan las piernas al cruzar el puente y sube de vuelta al caserío entre losas quebradas de cemento.

El sol ha menguado.

Esther tiembla, sus piernas tiemblan, todo dentro de ella tiembla. No comprende por qué sigue estando ahí. Las orillas son ríos quietos. Las casuchas se aproximan. La única tienda del caserío y de las veredas y del río. La anciana no ha acabado su cerveza, los demás viejos siguen ahí, blanqueándose a la sombra. Esther está separada del aire por una capa de agua fría. Los niños no dejan de reírse. La siguen. Unos pocos se han quedado abajo, se doblan en dos, la risa los derriba sobre el puente.

—¡Cuidado con el río! —se burlan.

A Esther le arde la garganta.

—¡Por poco se la lleva el agua! —Y en coro—: ¡La vimos!

¿Quiénes eran?

Esther tiene lágrimas en los ojos. ¿Por qué no vuelve para que se la lleve el río? ¿Por qué no se une a esa bandada de chiquillos desquiciados, traspuestos, enajenados todos y enrarecidos por las aguas anegadas del Nauyaca?

En la casa en la que duerme esa noche, Esther come poco. No puede tomar de la botellita que le regaló Lidia. Tiene miedo de ese aguardiente embravecido. Que haya sido todo una visión. Que no recuerde en qué momento empezó el sueño. Que el sueño haya dejado por fuera a Cotrino Serrador.

Vuelve a ponerse las bandas de gasa que le cubren las ampollas y se han desprendido por el agua. Las ampollas son las señas que le ha dejado el camino. Los pensamientos le retumban, igual que en una habitación vacía. Pero no es que piense tanto. Las risas de los niños, el agua que se la lleva casi, la luz que la llena.

Debo tener fiebre, pensó antes de acostarse.

Habría sido como llevarse una rama. O habría sido como esos lucios ciegos que nadan en lo profundo, azules, a salvo de las corrientes.

30

—Son los perros. Asustan a las gallinetas. ¿Son suyos?

Lo dijo la mujer de movimientos lentos y mirada apagada que salió a saludarla. Las paredes habían sido levantadas con cal. Una gran cruz de madera con una bolsita negra atada en el centro se alzaba frente a la casa.

Era lo más adentro que había estado en las veredas. Los potreros se habían ido llenando de rocas y de esos pájaros a los que llamaban caciques, de plumas lustrosas, grandes como cuervos, vientre rojo, ojos amarillos, voraces, que volaban en bandadas con un bullicio de frutos y graznidos. Los perros barrían la cola con el suelo, la olisqueaban. La habían seguido alegremente, como si supieran hacia dónde iba.

—¿Cómo van a ser míos? —preguntó Esther—. Me vienen siguiendo.

La casa se extendía horizontalmente. Alrededor, un círculo blanco de creolina servía para mantener las culebras a raya. En las lomas que rodeaban la casa, entre corrales de animales, cuatro niños montaban el lomo de unos cerdos gigantes. Eran los cerdos más grandes que Esther había visto en su vida. Colgada de un árbol, una silla de montar hervía bajo el sol.

La mujer señaló con un gesto a los niños.

—Son mis hijos. Los hijos de Javier.

En el corredor de la casa, un caballo comía de un guacal pasto recién cortado. Había ollas y machetes. También vio una trampa como las que había visto el día que había bajado del alto.

—Yo soy Olga. Entre y se sienta. El hambre la debe estar acosando.

Como si la estuviera esperando para servirle la comida, la mujer puso sobre la mesa mazamorra, guandolo, una sopa con un hueso pálido, granulado, violáceo. No fue sino concentrarse en la comida para que afuera se les hiciera de noche.

—Está muy bueno. Muchas gracias.

—¿Y usted es que camina por puro gusto? —Olga era ruda, directa. Era un poco bizca. Recogió los platos, los cubiertos, los puso en un balde con agua.

—Por puro, puro, quién sabe. Pero me gusta.

Un hombre salió de uno de los cuartos traseros. Se acercó a ella y le tendió la mano.

—Javier Ocetá, para servirle.

La mano le olía a humo. Después de saludarla, Ocetá se sentó con un costal sobre las piernas y una piedra pulidora entre las manos. Empezó a afilar machetes. Hacía girar la piedra entre una cascada de chispas. Antes de tocar el suelo, las chispas se desvanecían.

No había qué decir. Para llenar el aire, la mujer nombró a sus cuatro hijos. Jeison, Ángel, Justino. El mayor se llamaba Brayan.

—Justino, como el papá de Javier. Ocetá es el padre de los cuatro —parecía preocuparle dejar en claro el parentesco de sangre de sus hijos.

Esther puso sobre la mesa la botella con el aguardiente que le quedaba. Olga lo olió y lo repartió en tres vasos.

—Es el que prepara Lidia.

El mismo. Por lo visto en las veredas era un secreto mal guardado.

—Lo estuvo tomando Ocetá cuando le dieron esos ataques —Olga señaló con la quijada hacia adelante, como si tuviera el pasado enfrente—. Lidia se lo estuvo regalando, hasta que se alivió. Ahora está alentado.

La mesa en la que comían y bebían estaba en el corredor abierto que rodeaba la casa. Pellizcaban el aguardiente, bebían tragos pequeños.

—Se puso fuerte —dijo Esther—. ¿Qué es esa bolsita negra que cuelga de la cruz?

—Fríjol, alverja, maíz. Para que la comida no falte.

Javier Ocetá y Olga tenían que alimentarse, alimentar a sus cuatro hijos, alimentar todos esos cerdos, las gallinetas y los caballos. Comían lo que sembraban.

—Quién sabe qué se habrán hecho los perros que venían conmigo.

En la penumbra que rodeaba la casa se presentían los hocicos húmedos de los cerdos. Un sapo hacía un sonido como si estuviera vomitando.

Antes de perderse en las visiones del bejuco, Esther preguntó por la estatua.

—No es que camine por gusto. ¡Si a eso fue que vine! Bajé del alto buscando esa Virgen.

Miró a Ocetá. Los ojos le ardían. Brillaban por el aguardiente que absorbían. Ocetá asintió. Él mismo había visto a la estatua despeñarse. Después dijo que la gente le había hecho un nicho a la Virgen en una casa vacía.

—Bien arriba. En el páramo.

Esther olisqueó su vaso y se arriesgó a servir otra ronda. Era tan fuerte el aguardiente de Lidia que se necesitaba poco para embriagarse. Eso le había dicho Lidia, que se iba a ir haciendo fuerte por el camino. Javier dio un trago largo.

—Para que el maíz no crezca tanto se siembra en menguante —empezó a decir—. Es bueno que no vaya alto, para que no lo tumbe el viento. Era menguante y el rastrojo era tenaz. Por eso no vi la mapaná dormida, o haciéndose la dormida.

—¿Le pasó hace poquito?

Olga levantó la mano, hizo un movimiento de ola, como diciendo: hace mucho. Debía ya saberse de memoria la historia de su marido.

—Yo era bien niño —siguió Javier—. Cuando alcé el machete ya era tarde. Sentí el mordisco de la culebra en la

159

espalda. Corrí a botarme por una peña para que el animal se soltara.

—Igual que la Virgencita —comentó Olga.

Otra vez la estatua, pensó Esther. ¿Qué se proponían? Se hundió en las palabras de Ocetá y en la casa encalada que respiraba en la noche.

—Nada que se soltaba.

Esther bebía con los ojos abiertos. El aguardiente los hacía sudar. Hasta los ojos les sudaban. Ocetá se acordaba de haber pasado mucho tiempo echado, con los ojos difusos, tapado con unas sábanas y sobre las sábanas un bejuco muy caliente.

—De pronto es el mismo que nos estamos tomando —alcanzó a decir Esther, y señaló los tres vasitos con la mirada—. ¿Dónde queda ahora ese campo?

—¿Cuál?

—Ese donde lo mordió la mapaná, donde sembraba el maíz cuando era niño.

—Eso queda mucho más al oeste, ya saliendo de La Campana.

—¿Por allá?

—Ese no es el oeste. Por allá es Sanangó que queda.

Ocetá hizo un silencio y luego siguió hablando:

—Es el mismo bejuco pero mezclado con una hoja que tiene en el centro una mancha blanca. ¿Sí la ha visto?

Esther movió la cabeza lentamente.

—La mancha tiene la forma de los colmillos de la mapaná. Se parecen. Es por eso que alivia el veneno.

Perdida en un remolino de visiones, con la mente recorrida por el hálito del bejuco, Esther dejó de oír lo que Ocetá decía. Espantó la oscuridad con una carcajada. Después dijo algo que ella misma no alcanzó a oír.

—Me llamo Javier, Javier Ocetá, no Jeremías, doña Esther. Se ve que ya se le subió el trago. Si quiere le decimos a Olguita que le prepare una aguapanela para bajarlo.

Pero Olga estaba quieta, porque el bejuco los embriagaba a todos, y esa casa blanqueada con cal se iba a perder hasta la mañana en la oscuridad de la noche.

31

Lidia sueña esa noche con unos frutos redondos enterrados en su patio, que dejan asomar sus lomos curvos. Son como calabazas y parece que alumbraran. Al amanecer se pone de pie, va a la cocina y ve la estufa llena de ranas y culebras de agua.

Entonces sabe que tiene justo el tiempo.

Toma una totumada de aguardiente ya preparado y lo vierte en el alambique para que el proceso de destilado se revierta. Tal como lo imaginaba, es lo que sucede. El líquido vuelve al vientre transparente del alambique convertido en un fermento espeso. Pierde su pureza. Lo pone a desfermentar en la tinaja del patio. Las burbujas se deshacen, se disuelven los vapores. El moste pierde calor, vuelve al reposo, como si también se estuviera muriendo. El bejuco vuelve a crecer en la penumbra de los robles negros. Ahora decrece. El palo vuelve a sembrarse en su agujero en la tierra. Se oculta el brote, la semilla desaparece.

Todo se hace al revés, en sentido inverso del tiempo, como si le hubieran hecho un nudo al río y el río hubiera empezado a correr en rumbo opuesto, hacia su nacimiento en el páramo de Isvara, devolviéndose entre los altarcitos de la Virgen y los sonidos de los insectos al atardecer, entre las lechuzas que vuelan en la oscuridad sin rozar siquiera un tronco, los hermosos caciques candelas, fulgurantes, las lenguas negras de las guacamayas, todos esos pájaros que se van del verdor y la espesura del día a buscar oquedades de la roca, mientras el río va subiendo. Las orillas quedan convertidas en un valle de piedras y se olvidan del tiempo de los árboles.

No sólo el río corre al revés, también el flujo de sus pensamientos, el espliego del cementerio se repliega y se concentra en semillas diminutas dispersas por el viento. Los muertos se recomponen bajo la tierra, sus huesos vuelven a juntarse y se preparan para nacer de nuevo. Las mariposas doblan sus alas para entrar en sus crisálidas y ser gusanos de nuevo, los sirirís regresan a dormir entre la cáscara lechosa de sus huevos. A los granos de maíz se los tragan las hojas tiernas de la milpa, a las hojas se las tragan los tallos, a los tallos se los traga la tierra.

Así pasa cuando alguien se está yendo, porque en realidad está volviendo. Al alejarse en realidad se acerca. Es una verdad simple, incluso para los que no han probado el aguardiente de Jeremías, el famoso aguardiente de Lidia, el bejuco encantado, trago del diablo, como lo siguió llamando Sara Mojonales en recuerdo de la época en la que Sanangó estaba sometido a los influjos del infierno.

Esos fueron los tiempos en los que Heraquio y Lautaro Cruz, conocido siempre con el nombre triste de Patas de Mirlo, buscaron al viejo Jeremías por los cañones del Nauyaca, cuando en realidad el viejo estaba sepultado entre los restos del incendio de La Golondrina. Fueron los tiempos de Nardarán, enloquecido por sus pavos azules y rutilantes, por sus lucios tornasolados, por la vaca Ensoñación que gozó de sepultura en la tierra santa del cementerio, entre acacias florecidas y el fuerte olor aromático de la valeriana y del espliego. Fue el tiempo en el que Patas de Mirlo cargó ese hierro de piedra, confundiendo el amor con la culpa, y murió súpito, atónito, engarzado a sí mismo y enroscado como una de las tantas víboras que poblaban esa tierra agreste y montañosa reverdecida por el río.

Esa misma tierra la habían removido los hombres que buscaban oro, necesitados, deslumbrados por el hambre, para arrancar el metal soleado de sus entrañas esquivas. Esa misma tierra en la que los indios habían escudriñado todo lo que bajaba por el río, los troncos, las hojas, los pétalos, los remolinos que se formaban entre las piedras, porque en el agua que corría podían adivinar las cosas que vendrían y las que ya no eran.

Fue esa tierra y fueron esos tiempos.

Los tiempos de una estatua gigante, blanca por el sol y por las lluvias, de la que ya nadie sabía nada por tanto andar inventando sobre ella. Y los tiempos más antiguos del incendio de Sanangó y los tiempos de antes, cuando sólo los indios vivían a orillas del Nauyaca y sólo ellos conocían los venenos y los remedios que Zacarías Zambrano usó antes de Jeremías, mucho antes de que Cotrino Serrador sanara los cuerpos enfermos si se podía. Si no, si el mal era muy grande, los devolvía al lugar donde pertenecían, guiándolos con la lumbre mísera de un espejito.

Ahora Lidia bebe por primera vez su aguardiente, o es como si por primera vez lo bebiera. Siente curiosidad por conocer los efectos imponderables del bejuco, esta vez actuando en sentido inverso. Se sienta en un asiento de varas entretejidas con el respaldo de piel de conejo, como esos que había en La Golondrina. Todo su cuerpo se mueve hacia donde el tiempo va más lento, lentísimo. Ve cómo ella misma descose de la camisa de Jeremías el cuadrito del dobladillo para volver a coserlo a su vestido. Ve a Zacarías Zambrano, igual a como lo había visto Jeremías en La Golondrina la noche del incendio, extenuado, frágil, tosiendo, vestido con una túnica de percal muy sencilla, materializado de pronto en el aire. Lidia oye claramente lo que Zacarías le sopla a Jeremías al oído: «Tenemos muchas vidas. Esta es la única que puede quitarte la muerte».

Jeremías cruza entonces la puerta de La Golondrina donde poco después quedará sepultado por el techo que el fuego derrumba. Lidia vuelve a ver a Zacarías Zambrano. Lo ve acercarse con un canasto. Camina despacio, como andan a veces las sombras, sin ayudas. Ahora puede verlo de cerca, puede ver las líneas negras que lleva pintadas en la cara, el pelo rojo y tieso por el achiote. Entra por la puerta, camina hasta las jaulas y saca tres conejos. Se aleja. Se lleva el canasto al hombro con los tres conejos vivos. Su túnica de percal ondea en la brisa fría de la madrugada. Subirá hasta el páramo, quién sabe. Subirá tan alto, tan arriba. Los conejos serán engullidos por el páramo, como gotas de agua. Zacarías Zambrano conoce el desecho al que llaman Cola de Lucio. Conoce espíritus que Lidia no conoce, y no conocerá jamás, porque ahora el tiempo se hace lento hasta detenerse.

Bebe la última gota de aguardiente que le queda en el totumo. Sólo esa vida le puede quitar la muerte. Lidia mengua entre las cosas que menguan. En el páramo, los gavilanes rozan la tierra con su aleteo.

En ese mismo instante, Esther bebe con Javier Ocetá el último trago del brebaje. Es el último aguardiente con bejuco que queda preparado en el pueblo, en las veredas del río.

—Ese cerdo debe tener sueños allá arriba —dice Esther—. ¿Sí oye cómo gruñe?

—Yo no oigo nada.

—Tú sí debes saber quién ve la estatua, Javier Ocetá. ¿No es verdad que lo sabes?

—Nadie la ve, Esthercita —sus ojos se ensombrecen, deja caer la cabeza.

Ahora están del mismo lado. Javier Ocetá, Heraquio, Lidia y Jeremías. Y ella, Esther, es de esa gente. Ella que casi no existe. A Cotrino Serrador debería buscarlo, ya que no se la llevó el río. Tenía que haber sido él. Ninguna fuerza humana hubiera podido salir así al encuentro de su deseo. Él, se dice, me sigue de cerca. Y yo lo sigo a él.

Tenía que saberlo un día, que lo que viene nadie nos lo quita aunque después se vaya. Son las sombras de los sueños que se alzan, curan, nos bendicen.

El sapo sigue croando. Esther siente cómo estalla en su vientre el bejuco. Ve que la luna baja, cae lentamente en vez de trepar la loma de la noche. Cuando ya está cerca del horizonte, la luna se vuelve negra y se oculta por donde ha salido.

32

No hay un baño dentro de la casa. Afuera, un cobertizo de tablas, con el techo lleno de agujeros por los que entran rayos de sol como líneas. Es la primera luz del día. El retrete es apenas un agujero en la tierra, y Esther se queda un rato ahí, en cuclillas, hasta que siente a Olga encender la estufa en la cocina. El cielo entra también por los agujeros y se oye al caballo mascar pasto justo al lado del cobertizo. Se pregunta cómo irá la fiesta de Ángela y el niño sin nombre, los miles de parientes, el festejo de júbilo. Se pregunta si Cotrino Serrador está ahí, o dónde estará, si está en el bautizo o si le muestra su espejito rutilante a algún moribundo.

Al salir del retrete, ve a Brayan fregar el lomo de los cerdos con una escoba. En el barro hay plumas caídas.

—¡Brayan! Madrugaste.

El joven le sonríe, se acerca a una gallina que acaba de poner un huevo. Hunde los dedos entre las plumas. La cruz de madera, rodeada de cerdos y gallinas, gobierna la casa y los potreros.

—¡Qué grandes son!

Le pide permiso a Brayan para acariciar a uno de los cerdos. Su piel es tersa y limpia, como una fruta. La pezuña hendida se le hunde en el barro.

¿Cuánto tiempo más estará Esther ahí? ¿Cómo puede ser un sueño todo lo que se agita en ella, esa luz, esa pezuña hendida que se hunde en el barro?

Brayan sigue cepillando el lomo de los animales. Tal vez ya va siendo tiempo de volver a Sanangó. Hace poco que Brayan dejó de ser un niño, piensa Esther, pero algo en él le recuerda que en otro tiempo dábamos pasos de niño y andábamos como niños haciendo chasquear los dedos, imitando a los pájaros. Después la vida se llena de nudos y deja de parecerse al río.

Esther se sienta en una piedra grande y ahí se queda. Todavía está mareada por la borrachera de la noche y sigue viendo los rayos de luz como hilos ensartados en agujas. No puede cerrar los ojos. Apenas si puede mover las manos. Como si sólo eso supiera decir, le repite a Brayan que sus cerdos son muy grandes y le sonríe.

Ya no iba a escribir sobre esa estatua gigante de la Virgen. ¿Qué podría ella escribir ahora y quién le creería lo que había visto?

Como en el sueño compartido de los hombres que se quedaron sin Jeremías, sin su aguardiente y sin La Golondrina, que salían insomnes a buscarse a tientas en las calles del pueblo vacío, sin dejar de andar pisando el mundo de los sueños, así unos pocos llegarán como llamados por un silbido a leer las páginas alucinadas que Esther escribiría.

Algunos creerían. Verían sobre el papel los rayos de sol que ella veía, las nubes que se acumulan sobre el río, verían a Brayan fregando el lomo de sus cerdos. Algunos irían incluso a probar el veneno del bejuco, cuando alguien vuelva a encontrarlo entre el monte crecido, en medio del bosque de robles negros y uvitos, y encuentre también, como si la llevara escrita adentro, la receta para prepararlo. Verían el Nauyaca alumbrando su agua con reflejos, su agua viva serpenteando.

Los que no crean en un principio, poco a poco se dirán que sí, que quizá ocurrió así, justo así, como Esther lo vio y lo recuerda.

33

Del otro lado del río la tierra es más roja. Los dos hombres avanzan poco. Es que no avanzan. Hay muchos troncos atravesados en el camino. Herraduras hundidas entre el barro.

—Está malo este trecho.

Es mediodía.

Luego el camino se depura. Se empina y ya nada lo cierra. Vuelven a trepar al páramo después de haber recorrido las veredas. Habrían podido subir desde el principio, por el desecho de Cola de Lucio. No se hubieran devuelto. Pero qué sentido tiene pensar en lo que ya no fue. No tiene ninguno. Siguen subiendo.

Ahora la tierra es gris, expuesta al viento. Por más que uno se esmere, aquí ya no se encuentran señas humanas, ni herraduras, sólo esa casa vieja allá arriba, deshabitada, roída por el tiempo. Las patas herradas de los caballos y las mulas corcovean abajo entre el cascajo vivo de la montaña. El maíz y los huertos, las casas con gente adentro, eso está más abajo todavía. Hasta la Virgen queda más abajo.

Pasan frente a la casa en ruinas.

—¿Sabe qué Patitas? Ya me aburrió todo esto. ¿A qué parte estamos yendo? A ninguna. Ese viejo, dejémoslo. Dejémoslo, que nadie puede irse. Todo este andar para nada.

Algo de razón trae Heraquio, porque desde que llegaron a Isvara lo único que hacen es andar en círculos. Es lo único que puede hacerse. Cualquiera que haya andado por el páramo lo sabe.

Sin avisar, en una ráfaga, se alza la niebla y les queda descubierta esa extensión fría y desierta, y pueden verla, como si la tuvieran en la palma de la mano. La casa sigue ahí. Los dos hombres ven un lugar donde sentarse, una tabla contra el muro, y hacia allá caminan, para descansar, y algo más dice Heraquio cuando una viga de madera hueca se viene abajo allá adentro, en las entrañas de la casa.

Patas de Mirlo está tan alelado que ni oye el derrumbe.

—Mejor que no estábamos ahí sentados —dice Heraquio—. Se nos hubiera podido venir un pedazo de muro encima.

Pero la casa sigue en pie. Dan unos pasos para alejarse, por si va a caerse todavía, tantean ir lejos, pero el páramo los regresa y vuelven al mismo sitio, y en el mismo sitio, sentado en la tabla contra el muro, con una manta sobre los hombros, encuentran a Jeremías. Está envuelto en la niebla radiante que hacía unos minutos se había recogido.

Heraquio escupe para sacarse el asombro.

—¿Cuánto tiempo lleva aquí, Jeremías?

Y ya menos asombrado se sienta a su lado, resuella para recuperar el aliento. Jadea igual a como jadeó en vida.

—¡Por fin lo alcanzamos, viejo tarugo!

Patas de Mirlo se sienta al otro lado de Jeremías y levanta los ojos. Esa debe ser la misma águila que nos viene siguiendo, piensa, con esas plumas blancas en cruz.

El águila verá pequeño el mundo de aquí abajo. Las vacas encogidas, los árboles. También verá pequeños los pájaros de más abajo, las golondrinas que siempre buscan el río, apenas como puntitos negros. Las casas, la gente simple como nosotros todavía más pequeña. Lo mismo que los muros, los establos y los abrevaderos. Los cámbulos y las culebras. Todo será para ella arcilla en manos de la tierra, y quién sabe si desde allá arriba la vista le alcance para ver bajo la tierra, como hormigas, escondidos a los muertos.

Agradecimientos

A Juan, a Gabriel, a Juanito. A Selva, al río.
A Carolina López que cuidó este libro porque también era suyo.

«Para viajar lejos no hay mejor nave que un libro.»

EMILY DICKINSON

Gracias por tu lectura de este libro.

En **Penguinlibros.club** encontrarás las mejores
recomendaciones de lectura.

Únete a nuestra comunidad y viaja con nosotros.

Penguinlibros.club

Penguin
Random House
Grupo Editorial

 Penguinlibros